# 齋藤孝の ざっくり! 万葉集

歴史から味わい方まで
「すごいよーポイント」
でよくわかる

# 齋藤孝のざっくり!万葉集

# はじめに

「令和《れいわ》」の時代が始まりました。

みなさん、ご存じのように、この新元号は万葉集を典拠《てんきょ》とするものです。日本の古典が採用されたのは、今回が初めてのこと。国際化が進む中、拠《よ》り所として日本文化の源流が意識されたのかもしれません。すばらしい！

おそらく多くの方が「きれいな響きでいいね」と思う一方で、改めて「万葉集、読んでみようかな」と思われたのではないでしょうか。

それはいいこと。ぜひ挑戦していただきたいと思います。

ただ万葉集に対して、少々の近寄りがたさがあるのではないでしょうか？

万葉集自体は学校で習うし、有名な歌も多いので、親しみは感じているでしょう。でも「どういう歌集か」があまり知られていないというか、いまひとつぼやーっとしか理解されていない人が大半のような気がするのです。

そもそも今回、「令和」の出典となったのは「巻第五　梅花《うめのはな》の歌三十二首丼《あわ》せて序」の部分ですが、「えっ？　万葉集って歌集なのに、こんな序文があるの？」と不思議に思っ

た人は少なくないでしょう。また、

「初春《しよしゆん》の令月《れいげつ》にして、気淑《よ》く風和《やはら》ぎ、梅は鏡前《きやうぜん》の粉《こ》を抜《ひら》き、蘭《らん》は珮後《はいご》の香《かう》を薫《かをら》す」

という読み下し文を見て、「えっ、序ってもともとは漢文なの？」と、二度ビックリされたのではないかと推察します。

ちなみに右の序は、現代語に訳すと、「時は良き新春、外の空気は気持ち良く、風はやわらかに、梅は美女の鏡の前の白粉《おしろい》のように白く咲き、蘭は身を飾る香のようなかおりを漂わせている」くらいの意味になります。すがすがしい感じがしますよね。

話を戻して、万葉集という歌集が出典なのに、「令和」の文字が取られたところは歌ではない、万葉集は日本の古典なのに序が漢文で書かれている――この二点に「へぇ、そうだったんだ」と、ちょっとしたカルチャーショックを覚えた方が、相当数おられたと思うのです。

けれどもそんなことは、驚きの序の口かもしれません。たとえば次の事実を、みなさんは知っているでしょうか。

・二十巻から成る長大な書物で、四五〇〇首もの和歌が収録されていること
・収録された和歌は、短歌だけではないこと

・和歌はすべて「万葉仮名《まんようがな》」という漢字で書かれていること
・天皇から庶民まで、さまざまな階層の人の歌が差別なく集められていること

知らなかったとしても、そう落ち込むことはありません。幸運にも、「令和」という新元号をきっかけに、万葉集のすごさを知るチャンスが訪れたと思ってください。

もっとも「巻一」から順番に読むのは、とても骨の折れること。まず「ここがすごい！」というポイントを中心に、「ざっくり」勉強しましょう。奥の深い万葉集の世界を探訪する水先案内人として、〝ざっくり！シリーズ〟第五弾の本書をお届けします。

ここに紹介したたくさんの歌は、解釈を入り口に学んでもよし。音読から入って万葉情緒を体にしみこませるもよし。歌に秘められた歴史や暮らしを知って鑑賞するもよし。いろんな視点で学べるように工夫しています。

これから万葉集をざっくり楽しむに当たって、心構えを一つ共有しておきたいと思います。

それは、「言霊《ことだま》」として言葉を受け取るということです。

山上憶良《やまのうえのおくら》の歌に「言霊」が出てきます。

倭《やまと》の国は　皇神《すめがみ》の　厳《いつく》しき国
言霊《ことだま》の　幸《さき》はふ国と　語り継《つ》ぎ　言ひ継がひけり――巻五・八九四　山上臣憶良《やまのうえのおみおくら》

言葉は霊《たま》であるという認識が、万葉人の根底にあります。「言挙《ことあ》げ（言葉にする）」することで、言葉が現実化するので、安易に「言挙げ」してはいけないという考えもあります。

篠﨑紘一《しのざきこういち》氏の『万葉集をつくった男――小説・大伴家持《おおとものやかもち》』（角川文庫）は、言霊としての万葉集を小説の形で教えてくれます。

万葉集の編纂《へんさん》に大きく貢献した大伴家持は、雨乞《あまご》いの歌をつくっています。

作りたる　その農《なりはひ》を　雨降らず　日の重《かさ》なれば
植ゑし田も　蒔《ま》きし畠も　朝《あさ》ごとに　凋《しぼ》み枯れ行く
そを見れば　心を痛み　緑児《みどりご》の　乳乞《ちこ》ふがごとく
天《あま》つ水　仰《あふ》ぎてそ待つ　あしひきの　山のたをりに

この見ゆる　天《あま》の白雲《しらくも》　海神《わたつみ》の　沖つ宮辺《みやへ》に
立ち渡り　との曇《ぐも》り合ひて　雨も賜はね
　反歌《はんか》一首
この見ゆる　雲ほびこりて　との曇り
雨も降らぬか　心足《だら》ひに
　　　　　　　　——巻十八・四一二二～四一二三　大伴宿禰家持《おおとものすくねやかもち》

言霊の力で天に訴えるのが雨乞いです。ちなみに、右の反歌を現代語に訳せば、「いま見えている雲が、空一面にひろがり、曇らせて、雨も降らせてほしい、心ゆくまで」くらいの意味になります。「歌う」の原義は「うったう」とも言われています。言霊を信じた万葉人と心を同じくして、万葉の歌を読んでもらいたいと思います。

万葉集が国家プロジェクトであったのは、言霊の力で国を治めるという強力な意志があったからです。庶民を含む、心の歌が良い国をつくることにつながるという思いがあったはずです。

二五〇〇年前の中国で、孔子《こうし》が『詩経《しきょう》』（四書五経《ししょごきょう》の中でも重要なもの）を編纂しました。

膨大な詩を集めたのは、為政者《いせいしゃ》の徳を養うためであり、言葉で国を治めるためです。万葉集は、いわばこの『詩経』の日本版であり、日本の礎《いしずえ》を目指したものだったのです。

歌を一つつくることは、覚悟として、仏像を一つ彫ることと同じであり、万葉集は大仏（同じ奈良時代）をつくるのと同じことだったのです。

国の安泰《あんたい》を願う壮大な理想、そして一人ひとりの思いを汲《く》む優しさ。それを支えるのが言霊信仰だったのです。

言霊を身に感じつつ、万葉人の思いを声に出して読んでみてください。

さぁ、高貴な人も庶民も、男も女も、老いも若きも……万葉人たちがそれぞれの詩心のままに詠んだ歌を味わい尽くしましょう。

令和元年七月

齋藤《さいとう》 孝《たかし》

## 第3章 古代の歴史が透けて見える

### 後継者をめぐる血なまぐさい事件がてんこ盛り

すごいよ！1



すごいよ！2

第4章

# 恋の歌に知性キラリ

## 万葉人が歌で楽しんだ「恋愛ゲーム」

## すごいよ！2 望郷、旅情、伝説……官人たちの行く道に歌の足跡が残る



## 附録

### 使える〝万葉言葉〟



装丁…寄藤文平（文平銀座）
編集協力…千葉潤子

# 第1章

# 仰天《ぎょうてん》！国家プロジェクト

## 万葉集の編纂《へんさん》事業はこうして実現した

すごいよ！ 1

## 一〇〇年がかりの一大国家プロジェクト

### 収録された和歌は四五〇〇首以上！

現存する日本最古の歌集・万葉集は、いつ、どのようにして編纂《へんさん》されたのでしょうか。いまなお不明な点は多いのですが、現代に伝わる「二十巻本」に至るまでには、数次の編纂段階があったとされています。

つまり最初から「二十巻本にしよう！」と編纂されたわけではなく、核になる歌集があって、それを中心に巻ごとに異なる特色を打ち出しながら増補が繰り返され、結果として二十巻になった、ということです。

成立の詳しい経緯はさておき、私たちが注目するべきは、「七世紀後半から八世紀後半ごろまで、約一〇〇年の間につくられた、四五〇〇首以上に上る和歌が集められた」

という「史実」です。

この「四五〇〇」という数字を、するっと聞き流してはいけません。

いまの時代なら、インターネットを介して「みなさん、投稿してください」と呼びかければ、この数を集めるだけなら三日もあれば十分に可能でしょう。でも千数百年前の奈良時代ですから、集めるだけでも気が遠くなる作業です。

実際、これほど大量の作品を収集・編纂するなど、世界の文学史を見ても稀《まれ》なこと。万葉集の編纂は一大国家プロジェクトであり、世界の文学史上画期的な業績なのです。「国民の財産」と言っていいでしょう。

またひとくちに和歌と言っても、短歌《たんか》を中心に長歌《ちょうか》、旋頭歌《せどうか》、仏足石歌体歌《ぶっそくせきかたいか》、連歌《れんが》など、さまざまな種類があります。短歌は五七五七七、長歌は五七調の反復で最後が多くは七七、旋頭歌は五七七・五七七の繰り返し、仏足石歌体歌は五七五七七七、連歌は五七五の上の句と七七の下の句を一人または複数人で唱和する形態です（図1）。

また構成は、だいたいが漢文の序と和歌という中国史文のスタイル。私たちがふだん目にしている漢字かなまじり文の短歌が、ずらーっと並べられているわけではありません。単純な短歌集ではない、ということですね。

短歌《たんか》（五句三一音）
五七五七七

長歌《ちょうか》（基本形は五七の句を三回以上繰り返し、歌の終わりが七七）
五七五七……七七

旋頭歌《せどうか》（上三句と下三句が一首の中で対応）
五七七五七七……

仏足石歌体歌《ぶっそくせきかたいか》（六句で構成）
五七五七七七

図1　万葉集に見られる歌のかたち

## 文化遺産としての価値は金閣寺に勝る？

国民にはさまざまな財産があります。なかでも重要なのが「文化遺産」です。「文化遺産」と聞くと、大半の人は歴史的建造物を思い浮かべるでしょう。でも私は、「ひょっとしたら、法隆寺《ほうりゅうじ》や金閣寺《きんかくじ》のような世界遺産よりも、四五〇〇首余りの歌を集めた万葉集のほうが文化遺産的価値は高いのでは？」と思わないでもありません。

なぜなら万葉集は、日本語という言葉の遺産で、古来ずーっと〝生きた形〟で伝えられてきたものだからです。

たとえば「世界文化遺産」に登録されている金閣寺は、室町幕府の三代将軍、足利義満《あしかがよしみつ》の時代に建てられましたが、当時のまま残っているかと言うと、違います。一九五〇年、青年僧に放火されて全焼。五年後に復元されたのがいまの建物です。

「形ある物はいずれ壊れる」のが道理。復元・再建はできますが、それが文化として継承されたものと同じとは言い切れないものがあります。

それに、こう言っては何ですが、「金閣寺が燃やされて、三島由紀夫《みしまゆきお》の大傑作『金閣寺』が生まれた。私たち日本人はそのおかげで、日本語の大傑作としての新たな文化遺産を得ることができた」という見方もできます。

もちろん私だって、子どものころに「金閣寺に放火した人間がいた」と知ったとき、思わず「何てことをしてくれちゃったんだ！」と叫んだくらい頭にきました。

しかしその後、三島の小説を読んで正直、「燃えた分を取り返したかも」と考えを改めたのです。それくらい、三島の『金閣寺』は大傑作だし、その〝日本語遺産〟としての価値は数百年を経た建物にも匹敵すると思ったのです。

極端な言い方をすれば、「たとえ建物は燃えても、文化が残ればいい」ということです。万葉集の一つひとつの言葉には、あの時代に生きた日本人の躍動する心が息づいています。そういう言葉の強さが、時代を超えてなお生き残っているのです。

「日本人に一番受け継いでもらいたい文化遺産は何ですか？」

ＮＨＫの『１００年インタビュー』という番組でこう問われたドナルド・キーンさんは、「日本語です」と答えています。

アメリカ出身で日本文学研究の第一人者である氏はまた、「日本語に魅せられて、日本人になった」と述懐しています。彼の心にはおそらく、

「日本人とは日本語でものを感じ、考える人たち。だからこそ日本語は、日本人が何よりも受け継いでいかなくてはならない文化遺産である」

という思いがあったのではないでしょうか。

私も同感。日本人として生まれた以上、万葉集という偉大な財産に見向きもしないで生きて、死んでいくのは、非常にもったいないことだと思います。

## 鑑賞の第一歩は量にウッとくること

「よくぞ、こんなにも大量の和歌を編纂してくれたものよ」

と、古代の日本人が万葉集に込めた情熱を感じ取っていただく。それが万葉集を味わう第一歩です。

おそらくみなさんが目にしたことがあるのは、四五〇〇首からセレクトされた、せいぜい二、三〇〇首くらいを解説とともに収録したものでしょう。五〇〇ページくらいの厚め

の単行本一冊とか、二〇〇〇ページ余りの新書二、三巻の量になるかと思います。

しかし四五〇〇首すべてを扱うとなると、そんな生半可《なまはんか》な量ではとても収まり切れるものではありません。

たとえば全首を収録し、充実した解説のついた集英社文庫ヘリテージシリーズ『萬葉集釋注』（伊藤博《いとうひろし》）は、一冊に二巻を収めた十巻シリーズ。平均して一巻・約七〇〇ページ、全巻七〇〇〇ページ余りにおよびます。この十巻を積み上げてみると、誰もが思わず「何だ、これは！」とのけぞる。そのくらいのすごい量です。

いや、講談社文庫の〝四巻もの〟『万葉集全訳注原文付』（中西進《なかにしすすむ》）でも、相当ウッとくるはず。この「ウッとくる感覚」を、実感として得ることが大事なのです。

全巻本を見ずして、「ああ、万葉集ね。あの歌、この歌……けっこう知ってるよ」などと言うのは不遜《ふそん》というもの。知らない歌がたくさんある、というよりむしろ「ほとんどが知らない歌」であることに気づかなくてはいけません。

内容以前に、四五〇〇という量から全貌を見て、「おー、これが万葉集か」と圧倒される。そういう瞬間を、まず味わってください。

すごいよ！ 2

## 都から地方へ歌の広がり

### 始まりは「宮廷文芸」

和歌はもともとは「民謡」のようなものだったと言われています。いろんな人が口ずさむように歌っていたわけです。

そういった民謡が宮廷社会に吸い上げられて、謡《うた》いものにふさわしい形に改変・整備されてきました。そして古代国家が発展するなかで、宮廷の貴族たちは教養として必須の漢詩文に加えて、和語による宮廷詩をつくるようになったようです。

それが和歌。万葉集の四五〇〇首のなかに天皇をはじめ、宮廷の貴族たちの歌が相当数収録されていることでわかるように、和歌は当初、宮廷サロンで発達しました。宴席の場はもちろんのこと、日常的な挨拶の場などでも和歌がつくられていたことがうかがえます。和歌は宮廷サロンの知的な遊びでもあったのです。

かの有名な額田王《ぬかたのおおきみ》も、宮廷サロンで〝歌上手の美女〟として名を馳《は》せた一人です。

額田王は大海人皇子《おおあまのみこ》（後の天武天皇《てんむてんのう》）に召《め》されて宮女《きゅうじょ》となり、十市皇女《とおちのひめみこ》を生みました。二人のが、その後、大海人皇子の兄である天智天皇《てんちてんのう》（中大兄皇子《なかのおおえのおうじ》）の後宮《こうきゅう》に入りました。

天皇に愛されたんですね。平たく言えば、この三人は「三角関係」です。

ここで、額田王と大海人皇子が交わした歌を見てみましょう。

**あかねさす　紫《むらさき》野《の》行き　標野《しめの》行き**
**野守《のもり》は見ずや　君が袖《そで》振る**

——巻一・二〇　額田王《ぬかたのおおきみ》

紫草の野を行き、立ち入ることが禁じられている野を行き、野守に見られるではありませんか、あなたが私にしきりに袖を振るのを。

**紫草《むらさき》の　にほへる妹《いも》を　憎《にく》くあらば**

## 人妻ゆゑに　われ恋ひめやも

——巻一・二一　天武天皇《てんむてんのう》

美しく匂い立つ紫草のようなあなたを憎いと思うなら、もう人妻であると知りながら、どうして恋をするでしょうか。

これらの歌は、天智天皇が蒲生野《がもうの》で、薬用の鹿の袋角《ふくろづの》や薬草をとる行事——薬狩りを行なったときにつくられました。

と言っても、まさか〝狩りの現場〟で詠み交わしたわけではないでしょう。そんなことをしたら、それこそ野守に見咎《みとが》められてしまいますから。そうではなくて二人は、宴席の場で、禁断の恋の掛け合いを演じてみせたと思われます。

歌だけ読むと、いかにも「忍ぶ恋の切なさ」が感じられます。もちろんその思いはウソではない。でも歌を通して、きわどい言葉の応酬をしてみせることによって、宴席の場を大いに盛り上げたのでしょう。

当時の宮廷サロンはこんな「疑似贈答歌」をも生み出すほど、成熟していたのです。

## 都と地方を結んだ官人たち

天智・天武天皇の時代に、中国の律令制度が取り入れられる一方で、中央集権国家の建設が進められました。そうして完成したのが「藤原京《ふじわらきょう》」。天武天皇の妻である持統《じとう》天皇の時代、六九四年のことです。

このころになると、中央集権的な機構の下《もと》で、官人《かんにん》たちが藤原京と地方庁を頻繁に行き来するようになります。彼らが旅の途次《とじ》で出合った美しい風景や、赴任先での孤独や不安、都への郷愁などを歌に詠み、和歌を宮廷から地方へと拡散させていったのです。たとえば、こんな歌があります。

**旅にして　物恋《ものこほ》しきに　山下《やました》の**
**赤《あけ》のそほ船《ふね》　沖《おき》へ漕《こ》ぐ見ゆ**

――巻三・二七〇　高市連黒人《たけちのむらじくろひと》

―旅にあって何となく人恋しい。山裾《やますそ》にいた朱塗りの舟が沖へと遠ざかっていくの―

――が見えて、いっそうもの悲しい気持ちになります。

黒人は七世紀後半の宮廷歌人で、万葉集に残る一九首の歌はすべて、「羇旅歌《きりょか》」と呼ばれる、旅路で詠んだ歌だといいます。この歌もその一つ。旅にあって揺らぐ心が表現されています。

また官人たちは、自ら歌を詠むだけではなく、赴任した先で出合った歌や踊りを中央に伝え、宮廷の儀礼に、あるいは万葉集の編纂に取り入れる事業にも取り組みました。

官人が行き来する道筋がそのまま、中央と地方をつなぐ〝歌の流通路〟になった、と言っていいでしょう。

## 一〇〇年余りの間に和歌の詠み方・歌風が変化した

同じ万葉集に収められた歌でも、初期と終わりごろでは一〇〇年余りの隔《へだ》たりがあります。

当然、和歌の詠み方や歌風に変化があるでしょう。『万葉集入門』（鈴木日出男《すずきひでお》著、岩波ジュニア新書）によると、「和歌の歴史」の視点から、通常、次の四期に分けられます。

❖**第一期――舒明《じよめい》天皇**（六二九～六四一年）**時代～壬申《じんしん》の乱**（六七二年）**くらい**

「初期万葉」とも呼ばれ、皇室の行事や出来事に関わる歌が大半を占めています。代表的歌人は額田王をはじめ、舒明天皇、天智天皇、天武天皇、藤原鎌足《ふじわらのかまたり》など。歌詠みのおもな舞台は宮廷サロンでした。

ちなみに万葉集巻頭を飾るのは、雄略《ゆうりやく》天皇のこの長歌です。

籠《こ》もよ　み籠《こ》持《も》ち　掘串《ふくし》もよ　み掘串《ぶくし》持ち
この岳《をか》に　菜摘《なつ》ます児《こ》　家《いへ》聞かな　名告《なの》らさね
そらみつ　大和《やまと》の国は　おしなべて
われこそ居《を》れ　しきなべて　われこそ座《ま》せ

## われこそは 告《の》らめ 家をも名をも

——巻一・一 雄略天皇《ゆうりやくてんのう》

きれいな籠《かご》を持ち、美しい掘串《ふくし》（土を掘るへら）を持ち、この岡で菜を摘《つ》んでいる娘さん。家柄は？ お名前は？ この広い大和の国は、あまねく私が領有し、私が治めているのですよ。そんな私のほうこそ告げましょう、家柄も名前も。

雄略天皇は万葉の当時からおよそ二〇〇年も前の天皇ですから、この歌は当人がつくったものではなく、伝承された歌謡だと考えられています。

この歌のようなおおらかさは、初期万葉の一つの特徴でもあります。

### ❖第二期——平城京《へいじょうきょう》遷都（七一〇年）までの藤原京時代

皇族・貴族に加えて、柿本人麻呂《かきのもとのひとまろ》ら藤原京に仕えた中級・下級の官人たちが活躍。天皇の行幸《ぎょうこう》や儀礼の場での宮廷賛歌、地方に赴任する際の羇旅歌などをつくりました。

藤原京は大和平野《やまとへいや》南部、畝傍《うねび》・耳成《みみなし》・天香具山《あまのかぐやま》の中間に位置する広大な都でした。その藤原京の朝堂《ちょうどう》から天香具山を眺めて詠ったのが、とても有名なこの歌。

## 春過ぎて　夏来《きた》るらし　白栲《しろたへ》の
## 衣《ころも》乾《ほ》したり　天《あま》の香具山《かぐやま》

——巻一・二八　持統天皇《じとうてんのう》

――春が過ぎて、夏が来たらしい。真っ白な衣を干してあるよ、天香具山に。――

精神科医にして歌人、『万葉秀歌』（岩波新書）の著書もある斎藤茂吉《さいとうもきち》は、この歌を絶賛しています。「見たままを詠んでいて、白さが際立つ美しい歌だ」と。

### ❖ 第三期——平城京遷都（七一〇年）から天平元年（七二九年）あたり

円熟期に入ったと言いますか、歌の叙情性が深まってきたのが特徴的です。山部赤人《やまべのあかひと》、山上憶良《やまのうえのおくら》、大伴旅人《おおとものたびと》、高橋虫麻呂《たかはしのむしまろ》、坂上郎女《さかのうえのいらつめ》など、個性的な歌人たちが活躍しました。

まさに百花繚乱《ひゃっかりょうらん》！　ここでは、優れた叙景歌を多く残した山部赤人の、名歌と知られる一首を紹介しておきましょう。

**春の野《の》に　すみれ摘《つ》みにと　来《こ》しわれそ**
**野をなつかしみ　一夜《ひとよ》寝にける**　――巻八・一四二四　山部宿禰赤人《やまべのすくねあかひと》

――春の野にすみれを摘みにきた私だけれど、その美しさに強く惹《ひ》かれて離れがたく、一夜を野で過ごしてしまったよ。――

山部赤人は天皇の行幸にお供した折などに、風景を愛《め》で献上した長歌が多いのですが、この歌を含む連作は私的な場で自然を詠んだもの。繊細な感受性が感じられます。

### ❖第四期――天平元年（七二九年）以降の三〇年。「天平万葉《てんぴょうまんよう》」と呼ばれる

大伴家持《おおとものやかもち》が代表選手。父・旅人の跡を継いで大伴家を統率するとともに、鋭敏にして繊細な感性をもって「近代的」とも称される新しい境地を開きました。

なにしろ万葉集に収められた家持の和歌は、全体の一割を超える四七〇首余り。セレクトしづらいので、年代区分のわかる最初の作で、一六歳のときにつくったとも言われる歌を一首、あげておきましょう。

**振仰《ふりさ》けて　若月《みかづき》見れば　一目見し**
**人の眉引《まよびき》　思ほゆるかも**

——巻六・九九四　大伴宿禰家持《おおとものすくねやかもち》

空を振《ふ》り仰《あお》いで三日月を見ると、以前一目見たっきりのあの美しい女性の三日月眉が偲《しの》ばれる。

この歌は前もって「三日月」という題があって詠まれたと言われています。初々《ういうい》しくも優美な表現力はさすが、ですね。

家持は後年、大勢の女性たちを相手に相聞歌《そうもんか》を詠み、それらが大量に巻四に収められています。現実の恋だけでなく疑似恋愛を含みますが、恋情を細《こま》やかに表現しています。

| 年（西暦） | 区分 | ここがすごい！ | 天皇 |
|---|---|---|---|
| 629年〜672年 | 第一期 初期万葉 | **舒明天皇（629〜641年）時代〜壬申の乱（672年）ころ**<br>◇代表的歌人<br>額田王、舒明天皇、天智天皇、天武天皇、藤原鎌足など<br>◇特徴<br>おもな舞台は宮廷サロン。皇室の行事や出来事に関わる歌が大半を占める | 舒明（皇極）<br>孝徳<br>斉明<br>天智<br>弘文<br>天武 |
| 〜710年 | 第二期 中級・下級の官人歌人が活躍 | **平城京遷都（710年）までの藤原京時代**<br>◇代表的歌人<br>柿本人麻呂、高市黒人、大津皇子、志貴皇子、持統天皇など<br>◇特徴<br>天皇の行幸や儀礼の場での宮廷賛歌、地方に赴任する際の羇旅歌《きりよか》など | 天武<br>持統<br>文武<br>元明 |
| 〜729年 | 第三期 百花繚乱の円熟期 | **天平元年（729年）あたりまで**<br>◇代表的歌人<br>山部赤人、山上憶良、大伴旅人、高橋虫麻呂、坂上郎女など<br>◇特徴<br>個性的な歌人が続出！　叙景から、人間の苦悩、空想、哀歓を詠んだ歌まで、歌風もさまざま | 元明<br>元正<br>聖武 |
| 〜759年 | 第四期 天平万葉 | **天平元年（729年）以降の30年**<br>◇代表的歌人<br>大伴家持、笠郎女、中臣宅守、狭野茅上娘子など<br>◇特徴<br>主に家持の作と選。「近代的」とも称される新しい境地を開く | 聖武<br>孝謙<br>淳仁 |

（鈴木日出男『万葉集入門』を参考に作成）

**図2　万葉集は四期に分けられる**

すごいよ！ 3

# 天皇・貴族から役人、庶民まで身分不問の応募資格

## 東歌と防人の歌

時代が下《くだ》るにつれて、和歌はより広い地域に伝播《でんぱ》し、歌を詠む人々が増えていきました。奈良時代の半ばくらいには、遠い東国《とうごく》にまで広がったようです。

東国とは、東海道《とうかいどう》で言えば遠江国《とおとうみのくに》――現在の静岡県西部より東、近江国《おうみのくに》（現・滋賀県）から東北地方に抜ける東山道《とうさんどう》で言えば信濃国《しなののくに》（現・長野県）より東の地域に相当します。都から遠く、「鄙《ひな》の地」と呼ばれたその東国に住む人々までも、都の人々と同じように和歌を詠むようになったのです。

その東国の歌には、農民たちの詠んだ「東歌《あずまうた》」と、唐《とう》・新羅《しらぎ》の侵入に備えて北九州を警護するために徴用された兵士とその妻たちによる「防人《さきもり》の歌」があります。それぞれ一首ずつ、紹介しておきましょう。

**信濃道《しなのぢ》は　今の墾道《はりみち》　刈株《かりばね》に**
**足踏ましなむ　履《くつ》はけわが背《せ》**

——巻十四・三三九九　東歌《あずまうた》

信濃路はできたばかりの道で、まだ切り株がたくさん残っているでしょう。踏んで足を痛めないよう、あなた、沓《くつ》をはいていってくださいね。

この時代の庶民は、まだくつをはいていない人も多かったのでしょう。それでも切り株の残る道を出かけていかなければならない夫を、妻は気づかっています。

彼らの貧しさに同情しつつも、もしかしたらこの夫婦は「はけと言われても、はくつがないよね」と笑い合ったかもしれず、ほんのり温かさをも感じられます。

東歌は口誦《こうしょう》による民謡で、作者も年代も未詳です。庶民の暮らしや思いが率直に詠われたこういう歌が、万葉集巻十四に二三〇首も収められていることがすごい！　すばらしいと思います。

次に、防人の歌を一首。

**防人《さきもり》に　行くは誰《た》が背《せ》と　問ふ人を**
**見るが羨《とも》しさ　物思《もひ》もせず**

**――巻二十・四四二五　防人《さきもり》の妻**

「防人に行くのはどちらのご主人？」と聞く人がうらやましい。夫を取られてしまう私のような悲しい思いをしないですむのだから。

ふつうに考えれば、防人は九州で〝現地採用〟するとか、東国よりも近い近畿で公募するとかしたほうが合理的ですよね。ところが防人は危険な仕事ですから、反発が起こらないとも限りません。それで純朴でおとなしく、お上《かみ》の言うことをよく聞く東国の人が、防人として引き抜かれたのではないかと推察されます。

思えば第二次世界大戦のときも、東北地方の人が大勢、激戦地に送られました。「反発することはないだろう」と、変な形で見込まれたのかもしれません。

そういったつらい思いも含めて、防人やその妻、家族の詠んだ歌が、万葉集巻二十に九〇首余り収められ、現代に伝えられたのは良かったと思います。

万葉集を読むとき、巻一から順番に読むのもけっこうですが、作者未詳の東歌や防人の歌などの多い巻から読むのもいいでしょう。

後ろにいくほど文化の広がりがあって、「こんなにもたくさんの庶民が歌を詠んでいたのか」と、感慨深いものがあります。

**身分による差別なし**

宮廷サロンの皇族・貴族から、役人、農民、庶民まで、万葉集にはさまざまな身分の人の歌が収録されています。

そこには何の差別もありません。天皇だからといって「たくさん歌を入れてあげる」ことも「文字を大きくしてあげる」こともなければ、逆に、貧乏な人には門戸が開かれていないこともなかったのです。

身分の上下がなかったわけではないけれど、こと万葉集に採用される部分においては、かなりの程度、平等が確保されていました。

また身分だけではなく、男女差別も見られません。日本では長らく女性蔑視の風潮があり、明治時代には立派な憲法・民法・刑法をつくりあげていたにもかかわらず、女性に選挙権がようやく与えられたのは戦後のことです。

この現実を思うにつけ、万葉集に女性の歌が相当数収められたことは、歌という文化においては男女の差別が少なかったという点において特筆すべきでしょう。

万葉集の編纂に当たっては、身分や男女の差別なく、徹底して「すばらしい歌を選ぶ」ことがモットーとされていたのです。

なにしろ万葉集は、非常にオープン。「国民全員に応募資格があった」とも言えます。もちろん歌が「選ばれる」必要はありますが、権力やお金で「収録される権利」を買うようなことはなかったと思います。

当時の現実社会には、身分や男女の差別がありました。

しかし、たとえば山上憶良は、「貧窮問答歌《ひんきゅうもんどうか》」という長歌を詠んでいます。地方長官（筑前守）として接した庶民の貧しくつらい生活を歌にして、中央に伝えています。この歌は為政者《いせいしゃ》を批判する視点を持っています。こうした庶民の立場からの批判精神も万葉集は受け容《い》れる「器の大きさ」を持っているのです。

四五〇〇という量だけでなく、質の点からも極めて「器の大きい」プロジェクトなのです。

すごいよ！ 4

## 歌づくりが〝素人〟をも巻き込み大流行したワケ

### 五七五七七の定型があった

それにしてもどうして、和歌をつくることがこんなにも広まったのでしょうか。

それも宮廷サロンの知的な遊びに留まらず、字も読めず、必ずしも知的レベルが高いとは言い難い庶民をも巻き込んで大流行したのですから、驚きます。

その理由は、ひとことで言うと「誰もがつくりやすい」ことにあります。

では、なぜつくりやすいのか。

一つは長歌や旋頭歌は別にして、短歌には「五七五七七」という定型があることです。これがすごい！

おそらく万葉集が文字になって残る以前から、「五七五七七って、何か調子がいいよね」とされていたのでしょう。だからこそ歌の定型として、確立されたのだと思います。

現代の私たちにも、感覚的にわかりますよね。短歌の勉強をまったくしていなくても、この定型があることによって、何となく短歌がつくれちゃう部分があります。

俳句にしても、もともとは連歌《れんが》の発句《ほっく》。俳諧連歌、つまり数人が集まって、誰かが「五七五」の発句を詠み、次の人が「七七」と続ける。さらに次の人が「五七五」、また次の人が「七七」というふうに、みんなで回しながら歌をつくっていくことから生まれた文芸なのです。

いまも「プレバト!!」（ＭＢＳ系）などのテレビ等で俳句が人気なのも、定型があることでつくりやすいからでしょう。梅沢富美男《うめざわとみお》さんや中田喜子《なかだよしこ》さん、東国原英夫《ひがしこくばるひでお》さんなど、俳句には素人であったはずの芸能人のみなさん、とてもお上手です。

話は少々それますが、私もつい先ごろ、雑誌「週刊現代」から「誌上『プレバト!!』」への投稿を求められました。お題は「寅《とら》さん」「イチロー」「すず」。

私は俳句を味わうための本こそ出したことがありますが、自分でつくった経験はさほどありません。でも結局、迷いながらも「せっかくの宴《うたげ》だから、参加しよう」と俳句に挑戦。うれしいことに俳壇の重鎮である星野高士《ほしのたかし》先生から、三句のうち「寅さん」と「すず」で秀作、「イチロー」で佳作の評価をいただきました。

たとえば「寅さん」では、「寅口上《こうじょう》昭和は遠く桜東風《さくらごち》」——。

中村草田男《なかむらくさたお》の名句「降る雪や明治は遠くなりにけり」を応用し、「春風に乗って寅さんの口上が聞こえてきた昭和は遠くなるんだなぁ、令和の時代に」という思いを込めました。先生からは「改元のいましか詠めない。妹のさくらと桜をかけた下五《しもご》はうまいです」とご講評いただきました。

参加してみて、歌づくりはけっこうおもしろいものだな、定型があるおかげで歌づくりに対するハードルがかなり低くなるものだな、と実感したしだいです。

閑話休題《かんわきゅうだい》。もし現代詩のように、形がないものをどんどんつくってくれと言われたら、どうすれば詩になるのかと迷うでしょう。散文と詩の違いがあるようでない、わかるようでわからないからです。何とか詩を書いたとしても、人に見せたときに、

「それ、散文じゃあないの？」

「いや、詩を書いたつもりなんだよ」

「そう？　言われてみれば詩かなぁ。でもちょっと……」

みたいな会話になり、モヤーッとした感じが残りがちなのです。

いま、日本人のなかで「現代詩をつくっています」という人の話をあまり聞かないの

も、俳句・短歌に比べて現代詩が流行《はや》っているとは言い難いのも、定型がないからかもしれませんね。

もっとも俳句・短歌も詩だし、歌をつくる人は詩人です。世界の文学では詩人に対する評価が高く、松尾芭蕉《まつおばしょう》は日本を代表する詩人と評されています。ということは、万葉集の歌人たちはみんな、詩人なのです。その意味でも、豊かな感性と言語センスが〝庶民レベル〟で成熟を見せた万葉集はすごいと思います。

ところで少し前、俳句を「三句」つくったと言いましたが、ここで和歌における「句」という単位について説明しておきましょう。混乱するといけないので。

私が「三句」で使った「句」は、俳句・連歌で一つの作品を数えるときの単位です。これとは別に、韻律上の一段落を示す語、つまり五音または七音の段落も「句」と呼びます。短歌では最初の五音が第一句、次の七音が第二句、その次の五音が第三句……というふうに呼び、全部で第五句まであります。

また短歌で「上《かみ》の句」と言えば、始めの五七五の三句。「下《しも》の句」は和歌の第四句と第五句のことです。

少々ややこしいかもしれませんが、覚えておいてくださいね。

## 類似の表現を共有できた

つくりやすさにはもう一つ、理由があります。それは、似たような言葉を使って、自分らしい表現にアレンジするのが可能だったことです。似た歌同士を「類歌《るいか》」、似た歌句同士を「類句《るいく》」と呼びます。たとえば次の三首を見てみましょう。

**君がため　山田《やまだ》の沢《さは》に　恵具《ゑぐ》採《つ》むと**
**雪消《ゆきげ》の水に　裳《も》の裾《すそ》濡れぬ**

――巻十・一八三九　作者未詳

あなたのために山田の沢でえぐ（黒クワイ）を摘んだのですが、雪どけの水で衣の裾が濡れてしまいました。

**君がため　浮沼《うきぬ》の池の　菱《ひし》つむと**

わが染《そ》めし袖　濡れにけるかも
――巻七・一二四九　柿本朝臣人麻呂《かきのもとのあそみひとまろ》の歌集《かしゅう》

あなたのために浮沼の池の菱（水草）を摘もうとして、私の染めた袖が濡れてしまいました。

妹《いも》がため　上枝《はつえ》の梅を　手折《たを》るとは
下枝《しづえ》の露に　濡《ぬ》れにけるかも
――巻十・二三三〇　作者未詳

愛しいあなたのために梅の木の枝先に咲く花を手折《たお》ろうとして、下枝の露に濡れてしまいました。

いずれも恋する人のために何かを採ってあげようとして、こちらが着物を濡らしてしまった、ということを表現しています。恋する人に尽くす自分をつつましく主張するところがいじらしく、水や露の冷たさと相まって爽やかさをも感じさせます。

類歌・類句は、自分が歌をつくるうえでお手本にもなるもの。「自分にもつくれそうだな」と思えるでしょう。

「五七五七七」という定型があるうえに、使える類歌・類句があることが、和歌づくりを普及させる仕掛けになったように思います。

## 長歌はすごい発明

万葉集には、五七五七七の短歌だけではなく、「長歌」という形式の歌があります。と聞いていていま、「え、そうだっけ？　短歌だけでしょ」と思った人には、「まだ万葉集の本当の良さに触れていませんよ。長歌にこそ、万葉集の醍醐《だいごみ》味があるのですから」と言いたいくらいです。

長歌の基本形式は、「五七」の句を三回以上繰り返し、末尾を「七七」として終止するもの。長さの制約がなく、対句を重ねる叙述部分をお経《きよう》のように詠み上げながら、最後に短歌（反歌《はんか》）を詠んで締《し》めとします。

これが一つの芸能としてすばらしい！　お祝いの宴席の場などで行なうと、非常に盛り上がります。

一般的に「長歌を通して現実を客観的に描写し、反歌で主観を入れる。もしくは反歌を、長歌の締めの言葉として使う」とはよく言われること。その形式の見事さをぜひ味わっていただきたいですね。

いろんなタイプの長歌がありますが、ここでは二つほど紹介しましょう。訳は、折口信《おりくちしの》夫《ぶ》の口訳で味わってください（折口については、第2章で触れます）。では一つ目。こちらは、神話的な発想から富士山を詠んだ歌です。

天地《あめつち》の　分《わか》れし時ゆ　神《かむ》さびて　高く貴《たふと》き
駿河《するが》なる　布士《ふじ》の高嶺《たかね》を　天《あま》の原《はら》
振《ふ》り放《さ》け見れば　渡る日の　影《かげ》も隠《かく》らひ

照る月の　光も見えず　白雲《しらくも》も
い行きはばかり　時じくそ　雪は降りける
語り継《つ》ぎ　言ひ継ぎ行かむ　不尽《ふじ》の高嶺《たかね》は

反歌

田児《たご》の浦ゆ　うち出《い》でて見れば　真白《ましろ》にぞ
不尽《ふじ》の高嶺《たかね》に　雪は降りける

——巻三・三一七、三一八　山部宿禰赤人《やまべのすくねあかひと》

神代の頃に澄んだものが天となり、濁った物が地となって分れた時分から、尊く高く聳《そび》えている、駿河国《するがのくに》の富士の山を、広々とした空遥かに見やると、運行する太陽の姿も隠れてしまうし、照らしている月の光も、山のあちらに回ると見えないし、山のために、雲さえも思い切っては、え行かないで遠慮し、その上、いつでもいつでも雪が降っていることだ。一度見たからは、この富士の山のことは、時間空間に亘《わた》って、遠方の人及び子々孫々までも言い続《つ》ぎ、語り続《つ》ぎして伝えねばならない。

（折口信夫訳）

## 反歌

田子の浦をば歩きながら、ずっと端まで出て行って見ると、高い富士の山に、真白に雪が降ってることだ。

（折口信夫訳）

山部赤人は「そう身分が高くはない官人であり、宮廷歌人だっただろう」と言われています。だから官命により、都と地方を行き来することも多かったのでしょう。この歌は、東海道を行く旅の途上で詠んだもののようです。「長歌は知らないけれど、反歌は知っている」という人も多いのでは？

実に名歌！　万葉の昔から、富士山は神々しく、貴く、美しい山。その姿が絵画のように美しく表現されています。

山部赤人が活躍したのは、万葉第三期。平城京が開かれて、都が都市化されていくなか、都人にとって自然が以前ほど身近ではなくなってきたのでしょう。自然に対する見方や感じ方が変化し、冷静に見つめるようになった。その結果、自然をテーマにした歌が増えてきた、というふうにも言われています。

さて、もう一つの長歌は、前にちょっと触れた「貧窮問答歌」。「貧窮問答《びんぐもんどう》の歌一首幷《あわ》せて短歌」と題がついています。少し長いけれど、いい歌です。折口信夫訳で味わってください。

風雑《まじ》り　雨降る夜《よ》の　雨雑《まじ》り　雪降る夜《よ》は
術《すべ》もなく　寒くしあれば　堅塩《かたしほ》を　取《と》りつづしろひ
糟湯酒《かすゆざけ》　うら啜《すす》ろひて　咳《しはぶ》かひ　鼻びしびしに
しかとあらぬ　鬚《ひげ》かき撫《な》でて　我《あれ》を措《お》きて

人は在《あ》らじと　誇《ほこ》ろへど　寒くしあれば
麻衾《あさぶすま》　引き被《かがふ》り　布肩衣《ぬのかたぎぬ》　有りのことごと
服襲《きそ》へども　寒き夜すらを　我《われ》よりも　貧しき人の
父母は　飢《う》ゑ寒《さむ》からむ　妻子《めこ》どもは　乞ふ乞ふ
泣くらむ　この時は　如何《いか》にしつつか
汝《な》が世は渡る
天地《あめつち》は　広しといへど
吾《あ》が為《ため》は　狭《さ》くやなりぬる　日月《ひつき》は　明《あか》しといへど
吾《あ》が為《ため》は　照りや給はぬ　人皆か
吾《あ》のみや然る　わくらばに　人とはあるを　人並《ひとなみ》に

吾《あれ》も作《な》れるを　綿も無き　布肩衣《ぬのかたぎぬ》の　海《み》松《る》の如《ごと》
わわけさがれる　襤褸《かかふ》のみ　肩にうち懸け　伏廬《ふせいほ》の
曲廬《まげいほ》の内に　直土《ひたつち》に　藁《わら》解き敷きて　父母は
枕《まくら》の方《かた》に　妻《め》子《こ》どもは　足《あと》の方《かた》に　囲《かく》み居《ゐ》て
憂へ吟《さまよ》ひ　竈《かまど》には　火《ほ》気《け》ふき立てず　甑《こしき》には
蜘《く》蛛《も》の巣懸《か》きて　飯炊《いひかし》く　事も忘れて　鵺鳥《ぬえどり》の
呻《のど》吟《よ》ひ居《を》るに　いとのきて　短き物を　端《はし》截《き》ると
云へるが如く　楚《しもと》取《と》る　里長《さとをさ》が声は　寝《ね》屋《や》戸《ど》まで
来《き》立ち呼《よ》ばひぬ　かくばかり　術《すべ》無きものか
世間《よのなか》の道

**反歌**

**世間《よのなか》を　憂《う》しとやさしと　思へども**
**飛び立ちかねつ　鳥にしあらねば**

――巻五・八九二、八九三　山上臣憶良《やまのうえのおみおくら》

風交りに雨の降る夜で、そして又その雨に雪が交って降って来る晩は、実に、遣《や》る瀬《せ》がないほど寒いので、固めた塩をつついては食い、つついては食い、酒の糟《かす》を溶いた湯を、すすってはすすりして、咳をし、くさめを間断なくして、しっかりとも生えていぬ鬚《ひげ》をば撫でながら、自分をさし措いては、偉い人間はあるまいという風に、自慢をしてはいるけれど、それでもやはり寒いことは寒いので、麻布団を引き被り、布の袖なしを、ありたけ重《かさ》ね著《ぎ》しても、こんなにまで寒い晩だのに、自分より貧乏な人の親たちは、腹がへって寒くあろう。女房児は、物を食べさせてくれというて、せがんで泣いているであろう。こういう時には、どうして、お前の生活を続けて行くのか。

天地の間は、広いとはいうものの、私のためには狭くなっているのでしょうか。日や月は、明らかに照っているというものの、私等のためには、照っては下さらないのでしょうか。世間の人が、皆すべてこうなのでしょうか。それとも、私ばかりがそうなのでしょうか。我々は、やっとの思いで人間と生れていますのに、人間並に、私も出来ましたのに、それにこの有様は、どうしたことでしょう、綿も這入っていない布の袖なしの、海松のようにぼろぼろに裂けてしまったぼろばかりをば、肩に引掛けて著《き》、掘立小屋の蒲鉾《かまぼこ》小屋の中に、地べたに直に藁をといて敷いて、お父さんや、お母さんは、自分の枕の方に寝させ、女房子などは、足許の方に寝かして、ぐるりと円くなって、悲しんだり呻いたりしています。又一方、食物の方をいうと、竈では烟《けむり》も吹き出さしたこともなく、御飯を蒸す甑には、蜘蛛が巣をかけているというような塩梅《あんばい》で、御飯を炊《た》くことすら忘れたというような風で、うんうん呻いている程で、それでなくてさえ、ひどいのに、非常に短いものは、又その上に、端を切ることがあると世間の諺《ことわざ》に申す通りで、鞭《むち》を持った里長がわめきにくる声が閨房《ねや》の入口までやって来て、大声でわめきます。人間世界の生活方便というものは、こんなにまで、遣る瀬ないものですことよ。
（折口信夫訳）

**反歌**

この世界は、いやなものだと思い、又肩身の狭い恥しいものだと、思うてはいますが、さて飛び立って、余処《よそ》へも行ってしまうことが出来ないでいます。鳥でございませんから。
（折口信夫訳）

何ともすさまじいばかりの貧窮ぶり。中西進氏によると、「貧を歌うことは奈良時代には大変珍しく、万葉集ではこれ一首」だそうです。

また氏は、「架空の作ではないから、貧の描写はリアル」としています。

注目したいのは、憶良が自らの貧しさを嘆いているというより、広く世間一般の自分よりもっと貧しい人たちのつらさを思いやっていること。こんなにも貧しい人たちでさえ税を取り立てられる、その理不尽さに怒りを覚えているようにも思えます。

「長歌の名人」である憶良に詳しくなると、長歌の良さがいっそう深く味わえるのではないかと思います。

# 第2章

# 探訪！　万葉仮名《まんようがな》ワールド

やまとことばに漢字を当てるという「神業《かみわざ》」

すごいよ！ 1

## 隣国・中国から導入した漢字と〝運命共同体〟に

### 中国語から文字だけいただき！

万葉集は、日本人が感情を文字できちんと書き記した最初の書物です。それまでも歌はあったけれど、「口誦《こうしょう》」でしたから、残すことは非常に難しかったのです。

ただし、ひらがながつくられたのは、平安時代初期のこと。万葉集の時代には、まだ漢字しかありませんでした。

つまり、万葉集の歌はすべて、漢字で書かれているのです。だからこそ万葉集を読むときは、最初に「漢字を見る」ことが大切です。

私たちが今日、万葉集を読めるのも漢字あればこそ。漢字に敬意を表するのがスジというものでしょう。

それはさておき、まず日本が隣国・中国から漢字を〝輸入〟したことについて考えてみましょう。

文字を持たなかった日本に漢字が伝来したのは、三世紀ごろ、邪馬台国《やまたいこく》の時代だと言われています。

それ以前にも、古代の遺跡から、紀元前一世紀ごろにつくられたと見られる、漢字の刻印された中国の貨幣が発見されていますが、当時の日本人がそれを文字と認識したとは考えにくいものがあります。

三世紀ごろなら、『魏志倭人伝《ぎしわじんでん》』が明らかにしているように、日本と中国の間に使節の往来があったはず。当然、外交文書を扱っていたでしょうし、少数ながらも漢字を理解できる人々もいたでしょう。

もっともこのときに使われた漢字は、まだ中国語としての漢字。日本語を漢字で書き表わすようになったのは、五世紀ごろのようです。

その根拠は、当時のものと考えられている埼玉県の稲荷山《いなりやま》古墳から出土した鉄剣に、漢字一一五文字から成るやまとことばと思《おぼ》しき文章が刻まれていることです。

ただし、これは最初期の段階。日本語の文章そのものを漢字で表わすようになったのは、さらに時を経て七世紀ごろだと言われています。

日本人のおもしろいところは、中国語の構造は取り入れず、漢字だけをいただいたこと。そうして漢字でつくったのが「万葉仮名《まんようがな》」なのです。

## やまとことばと漢字が〝不幸な結婚〟!?

言うまでもなく、日本語と中国語は文法構造はまったく違います。ふつうに考えれば、文字だけを〝輸入〟してもうまくいきそうにありませんよね。

「日本語と漢字は不幸な結婚であった」

とは、中国文学者であり、エッセイストである高島俊男《たかしまとしお》氏が、著書『日本人と漢字』(文春新書)のなかで述べておられることです。

日本語と漢字はもともと似ても似つかないもの。人間の結婚にたとえるなら、「性格の不一致」もはなはだしい。ところが長年連れ添ってきた以上、いまさら別れることもできなくなってしまった、というのです。

たしかに、言い得て妙。私たち日本人はもう、漢字を使わずして日本語を書くのは不可能なくらい、漢字に馴染《なじ》んでしまっています。

後年、日本人は漢字から「カタカナ」、さらには「ひらがな」という表音文字を発明しました。アルファベットを使って、ローマ字で日本語を書くこともできるようになりました。

けれども、ひらがなやローマ字だけで書かれた日本語というのはどうでしょう？　たとえば「すべてひらがなで書かれた憲法」とか、「すべてローマ字で書かれた小説」などを想像してみてください。

イヤですよね。表音文字だけだと、漢字を覚えなくてすむ分、書くのは簡単かもしれませんが、非常に読みづらいし、意味が取りづらいものになってしまいます。

石川啄木《いしかわたくぼく》はローマ字で日記を書きましたが、それも人に簡単に読まれたくないから。表音文字だけの日本語はそのくらい読みにくいのです。

隣国がもし中国ではなくヨーロッパだったら、日本人は自ら文字を発明しない限り、アルファベットを使うしかなかったかもしれません。中国が隣国でなく、日本が漢字文化圏に入っていなかった状況は想像しにくい。いまの漢字かなまじり文のありがたみが、いっそう増すというものです。

すごいよ！ 2

# 万葉仮名の解読 先人の苦労あればこそ

## 当て字に法則があるような、ないような

日本語が漢字とうまくやっていくには、先人たちの涙ぐましい努力が必要でした。その最初のハードルが「やまとことばの音に漢字を当てはめていく」という作業です。いわゆる「当て字」で「万葉仮名」をつくる、これが難しい。そして、読み解くのも難しい。理由はおもに三つあります。

一つ目は、常に同じ音に同じ漢字を当てるとは限らないこと。

二つ目は、一音に漢字一文字とは限らず、二音以上を漢字一文字で表わす場合もあること。

三つ目は、漢字の読みが幾通りかあり、つくった人がどう読んだかはわからず、推測するしかないこと。

つまり「音→漢字」「漢字→音」の変換に法則らしきものがあるようでない。ある程度あっても、例外がたくさんある、という感じです。

しかも漢字を書き写す段階で間違うこともあれば、漢字をどう読むかで解釈も変わってくる。解読すること自体が、大変なんてものではないのです。

歌を例にした具体的な表記については後述するとして、ここでは新元号「令和」の出典となった「万葉集　巻第五　梅花《うめのはな》の歌三十二首幷《あわ》せて序」に続く、三二首の梅の歌から一つ、宴を催した大伴旅人《おおとものたびと》の歌を万葉仮名で紹介します。

さて、読めますか？

**和何則能介　宇米能波奈知流　比佐可多能**
**阿米欲里由吉能　那何列久流加母**
――巻五・八二二　大伴宿禰旅人《おおとものすくねたびと》

この歌は一字一音ですし、有名な歌なので、比較的読みやすいかもしれません。漢字かなまじり文と訳は次の通り。

わが園《その》に　梅の花散る　ひさかたの
天《あま》より雪の　流れ来《く》るかも

私の家の庭に梅の花が散っています。いいえ、これは天から雪が流れてくるのでしょうか。

この歌に使われている漢字は、いわゆる表音文字。どの歌にも、というわけではありませんが、どうやら「わ＝和」「が＝何」「の＝能」「は＝波」「な＝奈、那」と当てるようです。一字一音なら、解明してみるのもちょっとおもしろいかと思います。

## 「松阪の一夜」に感謝！

私たちはいま、当たり前のように万葉集を漢字かなまじり文で読んでいますが、それができるのも、江戸時代中期の国学者、賀茂真淵《かものまぶち》が漢字の万葉仮名を解読してくれたおかげです。

ちょっと寄り道して、昔の小学校の教科書に載っていた「松阪《まつさか》の一夜《ひとよ》」という話を紹介しましょう。佐佐木信綱《ささきのぶつな》の文章で有名になりました。

賀茂真淵が山城《やましろ》・大和《やまと》方面を旅した帰りに伊勢参りをしようと、伊勢国《いせのくに》（現・三重県）松阪にある新上屋《しんじょうや》という宿に泊まった折、この地で医業の傍《かたわ》ら古典を学ぶ若い本居宣長《もとおりのりなが》が訪ねてきた、その一夜の出会いの物語です。

本居宣長記念館のホームページが紹介する昭和十四年の教科書には、老大家と才気煥発《さいきかんぱつ》な少壮《しょうそう》の学者がこんな会話を交わしたとあります。

**本居**「私は、かねがね古事記《こじき》を研究したいと思つてをります。それについて、何か御注意下さることはございますまいか。」

**賀茂**「それは、よいところにお気附きでした。私も、実は早くから古事記を研究したい考はあつたのですが、それには万葉集を調べておくことが大切だと思つて、其の方の研究に取りかゝつたのです。ところが、何時《いつ》の間《ま》にか年を取つてしまつて、古事記に手をのばすことが出来なくなりました。あなたはまだお若いから、しつかり努力なさつたら、きつと此の研究を大成することが出来ませう。たゞ注意しなければならないのは、順序正しく進むといふことです。これは、学問の研究には特に必要ですから、先《ま》づ土台を作つて、それから一歩々々高く登り、最後の目的に達するやうになさい。」

そして最後に、物語はこう締めくくられています。

「其の後、宣長は絶えず文通して真淵の教を受け、師弟の関係は日一日と親密の度を加へたが、面会の機会は松阪の一夜以後とうとう来なかつた。
宣長は真淵の志を受けつぎ、三十五年の間努力に努力を続けて、遂に古事記の研究を大成した。有名な古事記伝といふ大著述は此の研究の結果で、我が国文学の上に不滅《ふめつ》の光を放つてゐる。」

とてもいい話でしょう?

万葉仮名というのは、江戸時代の人でもすでに読めなかったのです。いや、江戸時代どころか、おそらく平安時代の十世紀ごろには正確に読めなくなっていたと思われます。日本最初の勅撰《ちょくせん》和歌集『古今和歌集《こきんわかしゅう》』にひらがなが用いられていることから見ても、万葉仮名は急速に衰退したことが推察されます。

多くの先人たち、なかでも賀茂真淵と本居宣長が解読してくれたおかげで、今日、私たちは万葉仮名の万葉集や古事記を漢字かなまじり文で読めるようになった。このことを忘れてはいけません。

もう一人、万葉集を身近な存在にしてくれた功労者がいます。折口信夫《おりくちしのぶ》です。折口は漢字かなまじり文をさらに進化させ、口述によって「声で歌を味わわせる」という画期的な試みに挑戦しました。

それは、國學院《こくがくいん》大學を卒業し、中学校の嘱託《しょくたく》教員として教壇に立っていたころのこと。教え子たちにも万葉集が通読できるようにと訳したのが始まりで、四五一六首を三カ月ほどで完訳したと伝えられています。

何でも折口が漢字かなまじり文、口語訳、注釈をすらすらしゃべり、友人たち三人がりレーで書き取っていったとか。そうしてできたのが『口訳万葉集』、折口の最初の著書です。一九一六（大正五）年、この本が刊行されたのを機に、万葉集は広く普及していったのです。

前に述べたように、解読以前の苦労として、「やまとことばに漢字を当てる」という作業があります。これは、宮廷歌人とか、官人《かんにん》など、漢字の素養のある人はまぁまぁできたでしょう。しかし東国《とうごく》の人や防人《さきもり》など、教養を身につける機会になかなか恵まれない庶民には難しい。おそらく彼らがつくった良い歌を集め、それに漢字の得意な人が漢字を当てていったのではないかと思います。

つまり「漢字が当てられるまで覚えておかなくてはならない」苦労があったのです。字が書けないからメモもできないし、まさか録音機器があるわけもないですからね。

そういった苦労に敬意を表する意味でも、万葉集を楽しむには、漢字の羅列を見て、「いったいこれは何と読むのか」から始めるのが本来だと、私は思います。

「何だ、これは」と思いながら読んでいって、「ああ、あの歌か」とわかる。このプロセスを踏んで読むと、「漢字でどう当て字をするか考えた人は、本当にご苦労だったなぁ」とありがたみが増すでしょう。

すごいよ！ 3

## 当て字で表音文字＋訓読みで表意文字

### 音字表記と訓字表記

前に一字一音で漢字を当てた歌の例をあげました。あれなどは単純でわかりやすいほうで、万葉集の表記はもっともっと複雑です（図３）。

と言っても、基本は「音」と「訓」の二つ。いまの私たちが使う漢字の読みと同じです。万葉仮名はおおむね、「音読み」すると表音文字、「訓読み」すると表意文字、というふうに理解していただいていいでしょう。

万葉歌のなかには、前出の旅人の歌のように歌全体を音字で表記したものと、その反対で訓字、それも正訓字《せいくんじ》だけで表記したものがあります。

少々ややこしくて、正訓字とは、漢字が持つ本来の意味に対応するやまとことばのこと。ほかに、漢字の訓読みを表音のために用いた「借訓字《しゃっくんじ》」というものがあります。

『万葉歌を解読する』（佐佐木隆《ささきたかし》著、ＮＨＫブックス）では、この「典型的な二種類の表記」として、次の二つの歌を紹介しています。
まずはクイズだと思って、次の万葉仮名に振り仮名（ルビ）を振ってみてください。

**余能奈可波　牟奈之伎母乃等　志流等伎子**
**伊与余麻須万須　加奈之可利家理**
——巻五・七九三　大伴宿禰旅人《おおとものすくねたびと》

**妹為　菅實採　行吾　山路惑　此日暮**
——巻七・一二五〇　柿本朝臣人麻呂《かきのもとのあそみひとまろ》の歌集《かしゅう》

答
よのなかは　むなしきものと　しるときし　いよよますます　かなしかりけり
いもがため　すがのみとりに　ゆきしわれ　やまぢにまとひ　このひくらしつ

どうですか、読めましたか？

ここでちょっとお遊びで、それぞれの漢字かなまじり文に、万葉仮名でルビを振ってみましょう。解釈付きで。

**世の中は《余能奈可波》　空しきものと《牟奈之伎母乃等》　知る時し《志流等伎子》**
**いよよますます《伊与余麻須万須》　かなしかりけり《加奈之可利家理》**

—世の中はむなしいものだとわかったとき、いよいよますます悲しくなる。—

**妹《妹》がため《為》　菅《菅》の実《實》採《採》りに　行《行》きしわれ《吾》**
**山路《山路》にまとひ《惑》　この日《此日》暮《暮》しつ**

—愛しいあなたのために菅の実を摘みに行った私ですが、山道に迷って一日を山で—

暮らしてしまいました。

「ルビのほうが読みにくい」のがおもしろいところ。こういう〝万葉仮名ルビ〟を振ると、万葉集の歌を解読する苦労が偲《しの》ばれるというものです。

さて本題。最初の歌は、大伴旅人が妻に先立たれ、不幸なこともいくつか重なったときに詠んだもの。完全に一字一音の形式になっています。後の歌は、わずか一三の正訓字で表記されています。これは、柿本朝臣人麻呂の歌集に見られる独特の表記スタイルだそうです。

一字一音形式と違って、助詞、助動詞など、文字化されていない部分を補完しなければならないので、研究者によって読み方が違ってくる場合が多々あります。

この歌でも、第三句を「行きし吾」のほか「行く吾を」などと訓《くん》じる説もあります。それどころか、正訓字だというのに、別の語として訓じられることもよくあるといいます。

たとえば第二句の「菅實採」を「すがのみとりに」、第四句の「山路惑」に助詞「て」

◎音字
漢字の「音」を借りる

- **一字一音**（一字を一音節に当てる）
  **余能奈可**《よのなか》（巻五・七九三）
- **一字二音**（一字を二音節に当てる）
  **難波**《なには》（難が二音、巻十一・二六五一）

◎訓字
漢字の「訓」を借りる

- **正訓字**（漢字の意味に対応するやまとことばを当てる）
  **妹為**《いもがため》（巻七・一二五〇）
- **借訓字**（訓読みを表音に用いる）
  **武良前**《むらさき》（武良は音字、前は先を意味する。巻一・二〇）

◎国語の意味に当てはまる漢字を用いる

**君**《きみ》、**秋**《あき》

◎漢字をそのまま用いる

**餓鬼**《がき》（巻四・六〇八）

◎「義訓」「戯書」など（歌を文字化した人の、語のイメージを反映）

**鶏鳴**《あかとき》（義訓。暁《あかとき》と訓む。巻二・一〇五）

図３　当て字の法則はとても複雑！　万葉仮名の用字法の一例

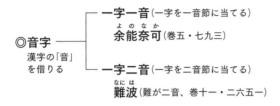

を補完して「やまぢまどひて」というふうに。

このように「こんな読み方もあるな。あんな読み方もあるな」とあれこれ考えると、頭がぐちゃぐちゃしてきます。

もちろん研究者ではない私たちは、正解を求めていろいろ考えなくてもかまいません。でも「読み方さえも一つに定められない、そのくらい解読は難しいものなんだ」ということは、しっかり胸に刻んでおいていただきたい。

ときに「万葉集なんて、読みすら、本当のところがわかっていないじゃないか。そんなあやふやなものをありがたがるのはいかがなものか」などと意見する人がいますが、何という罰当たり！

「だったら、あなたがいま書いている文字だって、もともと万葉仮名だったんですから、本当のところなんてわからないじゃないですか。万葉仮名の読み方のあやふやなところがイヤなら、もう二度と文字を書かないでください」と言いたいくらいです。

私は先ごろ、私が理想と考える小学校一年生用の国語の教科書を一般書として出版したのですが、ひらがなの成り立ちを入れました。

ここを理解しないと、先人たちが隣国から漢字を輸入し、それをやまとことばと融合させる形で万葉仮名を発明し、さらにカタカナ、ひらがなをつくってきた、その苦労に苦労を重ねたプロセスに思いが至らないからです。

## 読み方一つで解釈が変わる

まず、次の万葉仮名で書かれた歌と、それを漢字かなまじり文にしたもの、その解釈を見てみましょう。

**石激 垂見之上乃 左和良妣乃 毛要出春尓 成来鴨**

**石《いは》ばしる 垂水《たるみ》の上《うへ》の さ蕨《わらび》の 萌《も》え出《い》づる春に なりにけるかも**

——巻八・一四一八 志貴皇子《しきのみこ》

─岩の面を飛沫《しぶき》をあげて流れ落ちる滝のほとりに、柔らかな毛に包まれた蕨が芽吹

――いている。ああ喜ばしい、春が来たのだなぁ。――

問題は「激」の文字。昔は「そそぐ」と読んだそうで、斎藤茂吉《さいとうもきち》は『万葉秀歌（下巻』（岩波新書）のなかで次のように解説しています。

「この初句は『石激』で旧訓イハソソグであったのを、考《こう》でイハバシルと訓《よ》んだ。なお、類聚古集《るいじゅうこしゅう》に『石灑』とあるから『石《いは》そそぐ』の訓を復活せしめ、『垂水』をば、巌の面をば垂れて来る水、たらたら水の程度のものと解釈する説もあるが、私は、初句をイハバシルと訓《よ》み、全体の調子から、やはり垂水《たるみ》をば小滝ぐらいのものとして解釈したく、小さくとも激湍《げきたん》の特色を保存したいのである」（「考」とは賀茂真淵『万葉考』のこと、「類聚古集」とは残っている原典の写しを意味します）

茂吉が「ここはこう読みたい」という言い方をしているのが、またおもしろいところ。「そそぐ」か「ばしる」かで、「垂水」がちょろちょろ垂れる水なのか、小さいながらも滝なのか、解釈が分かれてくるわけです。

**えっ、写し間違い？**

同じく『万葉秀歌（上）』に、「写すときに間違えた」らしいとする例があります。

**零《ふ》る雪《ゆき》は　あはにな降《ふ》りそ　吉隠《よなばり》の**
**猪養《ゐがひ》の岡《をか》の　塞《せき》なさまくに**

――巻二・二〇三　穂積皇子《ほづみのみこ》

降る雪は余り多く降るな。但馬《たじま》皇女のお墓のある吉隠の猪養の岡にかよう道を遮《さえぎ》って邪魔になるから。
（斎藤茂吉訳）

これは茂吉の読み方、解釈の仕方です。万葉仮名による表記は、

**零雪者　安播尒勿落　吉隠之　猪養乃岡之　塞為巻尒**

穂積皇子が恋人の但馬皇女《たじまのひめみこ》亡き後、雪の降る日に、はるかに墓を望みながら、涙して詠んだ歌です。

それはいいとして困るのは、茂吉も書いているように、金沢本（十一世紀中ごろのものとされる写本）では「塞」が「寒」になっていることです。

それに従って、新訓では「寒からまくに」（寒有巻尓）と訓まれています。

ただ茂吉自身は、「塞なさまくに」は強く迫る句である、と絶賛しています。

いまの研究者の間では、「塞」ではなく「寒」とされていて、解釈も、

「たくさん雪が降ったら、お墓の下に眠る恋人が寒いではないか」

というふうになっています。

雪が降ってお墓に行く道が閉ざされることを憂《うれ》えるか、お墓の下の寒さを気づかうか、どちらが愛する人を思う切実な気持ちが伝わってきますか？

漢字一文字で、こんなにも解釈が違ってくること自体に味わい深さを感じます。

**当て字は本当に難しい**

当て字の難しさがわかる例をもう一首。漢字かなまじり文と万葉仮名を並べて見てみましょう。

東《ひむがし》の　野に　炎《かぎろひ》の　立つ見えて
かへり見すれば　月傾《かたぶ》きぬ
東　野炎　立所見而　反見為者　月西渡

——巻一・四八　柿本朝臣人麻呂《かきのもとのあそみひとまろ》

荒野の東のほうに夜明けの茜《あかね》色の光がさしている。ふと西のほうを振り返ると、もう月が沈もうとしている。

前出の『万葉歌を解読する』によると、「東野炎」には二つの解釈があるといいます。一つは古い手書きの写本から「あづま野の煙の立てる所見て」という解釈、もう一つは賀茂真淵による「東の野にかぎろひの立つ見えて」という解釈。表現も内容も声調も大きく違います。

そうなった理由は、「この歌がわずか十四字で書かれていることにある」と、佐佐木氏は指摘します。「五七五七七」の三一音より一七文字も少ないわけです。

もし三一音一つひとつに仮名のように漢字が当てられていれば、読みはずしが少ないのですが、ここまで圧縮されると、「果たして何と詠んだのだろう?」という疑問とともに、各人各様の考えが出てきて議論が起こります。

まず「東野炎」の「東」は、写本のように「あづま」とも、賀茂真淵流に「ひむがし」とも読めます。「あづま」と読めば、初句は「あづまのの(東野)」で切れます。が、「ひむがし」なら、初句は東一文字で「ひむがしの」と読むことになります。

「炎」は、同じ万葉集のなかでも「けぶり」と「かぎろひ」、両方の例があります。次の七音は写本では「けぶりのたてる」、賀茂真淵では「のにかぎろひの」となります。

また「所見而」については、写本は素直に「ところみて」、賀茂真淵は「たつみえて」

と読みます。

写本の読みに従って句を区切ると、「東野　炎立　所見而　反見為者　月西渡」となります。賀茂真淵の読みに準じた先の万葉仮名の区切り方とは違ってきます。

さらに第五句の「月西渡」は、どちらも「つきかたぶきぬ」で一致していますが、佐佐木氏によると、「つきかたむけり」「つきにしわたる」と訓《よ》む研究者もいるとか。

この一首だけ見ても、読みや句の区切り、解釈などにこれだけの違いがあるのです。万葉仮名の解明がいかに難しいかは、推《お》して知るべし、というところです。

## 一首に複数の表記スタイルが混在

よくある表記の例をもう一つ、あげましょう。これも『万葉歌を解読する』から引かせてもらいます。

この本はさまざまな表記の違いを解説していて、とてもおもしろい。私も楽しく読んだので、みなさんにもお勧めしたい一冊です。

ここであげる例は、前に出てきた額田王《ぬかたのおおきみ》と大海人皇子《おおあまのみこ》との間に交わされた有名な二首

——「あかねさす　紫《むらさき》野《の》行き　標《しめ》野《の》行き　野守《のもり》は見ずや　君が袖《そで》振る」と「紫草《むらさき》の　にほへる妹《いも》を　憎《にく》くあらば　人妻ゆゑに　われ恋ひめやも」です。万葉仮名では次のように表記されています。

**茜草指　武良前野逝　漂野行　野守者不見哉**
**君之袖布流**

**紫草能　尓保敝類妹乎　尓苦久有者　人嬬故尓**
**吾戀目八方**

一つ目の額田王の歌では、ほとんどが正訓字による表記。でも「紫《むらさき》」の「むら」を「武良」、「振る」を「布流」と音字にしています。また「紫」の「さき」に当てた「前」は、「先《さき》」を意味し、表音のために用いた借訓字です。

「不見」と漢文式の表記を用いているのも特徴的です。万葉仮名にはよく見られます。

二つ目の大海人皇子の歌では、「むらさき」の読みに「武良前」ではなく「紫草」が当てられています。同じでも良さそうなものですが、微妙なニュアンスの違いをも二人で楽しんだのでしょうか。

また「能《の》」「尒保敝類《にほへる》」「乎《を》」「尒苦久《にくく》」「尒《に》」などの音字が多いなかで、歌末の「目八《めや》方《も》」は三字とも借訓字になっています。このことを佐佐木氏はこう解説しています。

「借訓字の〈目〉が物を見るに由来することは、改めて言うまでもない。〈八方《やも》〉の〈方《も》〉は『顔』の意の『面《おも》』に由来し、その『面』は『(顔の向く)方向』をも意味した。〈方〉をモにあてたのは、本来あるはずのオの部分を無視したうえでのことである」

なるほど、「恋せずにはいられない」気持ちが、愛する人のほうを向いて手を振る行為につながっているのかもしれません。

この二首を比較しただけで、「一つの歌に、いろんな表記スタイルが混在しているんだな」とわかります。

以上、万葉仮名の解読の一端を見てきました。素直に「すごいな」と実感していただけたのではないでしょうか。私は万葉仮名こそ万葉集の魅力であり、日本語の運命を私に教えてくれるものだと考えているので、『1分音読「万葉集」』（ダイヤモンド社）を出した時には、原文を併記しました。

万葉集を丸ごと万葉仮名で読みなさい、とまでは言いません。そんなに根気が続くわけはないので、漢字の原文が入っている本を手に入れるか、図書館で借りるかして、入り口だけでいいので「万葉仮名ワールド」に遊んでみてください。そうすると、「私たち日本人が何とか日本語を維持できたのも、日本語をこのように漢字という文字にできたからなんだなぁ」という思いを新たにするはずです。

日本語の運命を知るのは、日本人にとって非常に重要なこと。「祖国は国語」という言葉があるように、祖国の母語には民族が歴史とともに紡《つむ》いできた伝統的なものや考え方が溶け込んでいるのです。ここをないがしろにすると、「母語を失った民族」になってしまいます。

そうならないためにも、万葉仮名を通して日本語のたどってきた道のりに思いを致しましょう。それが万葉集を味わう一つの大きな要素なのです。

# 第3章

# 古代の歴史が透けて見える

## 後継者をめぐる血なまぐさい事件がてんこ盛り

すごいよ！1

# 歌が秘める古代の〝事件簿〟

## 古代史の専門家も万葉集に注目

どんな時代でも、和歌は世相を写し取るものです。

いまの時代なら、「ＳＮＳ」とか「ＬＩＮＥ」「４Ｋ・８Ｋ」「オリンピック」などの世相を表わす言葉が、和歌に組み込まれるでしょう。

それは当たり前のこととして、万葉集が映し出すものは単なる世相ではありません。「歌は世につれ」なんてなまやさしいレベルではなく、権力闘争だの、それにからむ陰謀だの、処刑だの、かなりこわい「史実」が透けて見えるのです。

万葉集の専門家だけではなく、古代史の専門家が万葉集に注目するのはそのため。実際、『古代史で楽しむ万葉集』（中西進著、角川ソフィア文庫）、『万葉集と古代史』（直木孝次郎《なおきこうじろう》著、吉川弘文館）、『万葉集から古代を読みとく』（上野《うえの》誠《まこと》著、ちくま新書）など、万葉集を手がかりに古代史を読み解く本もたくさん出ています。

とくに「巻一、二」は、天皇をはじめとする皇族とその周辺の人たちの歌が多く、彼らの歌を読むにつけ、素人なりに、

「え、何が起こったの？」

「どうしてこんな歌を詠んだの？」

といった疑問が浮かび上がってきます。

まず、大化の改新（六四五年）以前の歌を見てみましょう。

## 〝最古の人〟は仁徳天皇・磐姫と雄略天皇

日本のもっとも古い状態を伝える中国の史書『魏志《ぎし》』の「倭人伝《わじんでん》」に、「倭《わ》の五王《ごおう》」と呼ばれる日本の王者たちが出てきます。

五王の名は、讃《さん》・珍《ちん》・済《せい》・興《こう》・武《ぶ》。これらの名は中国風に字音または訓を借りて一字に表わしたものとされています。和名では、仁徳《にんとく》・履中《りちゅう》・反正《はんぜい》・允恭《いんぎょう》・安康《あんこう》・雄略《ゆうりゃく》の六人のうちの五人に比定《ひてい》されているそうです。

この五王の時代以前、四世紀までの日本は、いわば歴史の黎明期《れいめいき》。実態は謎のベールに被《おお》われています。

『古事記《こじき》』と照らしても、上巻が神々の時代で、中巻が神武《じんむ》天皇から応神《おうじん》天皇まで。ここまでは神話物語に近い記述です。下巻の仁徳天皇から推古《すいこ》天皇までの時代の記述になって、ようやく史実の色合いが濃くなります。

中西氏が著書『古代史で楽しむ万葉集』のなかで述べているように、「五世紀、五王時代から日本の具体的な歴史が始まっている」と考えていいでしょう。

さて、万葉集に登場する〝古代人〟の一人に、仁徳天皇の皇后、磐姫《いわのひめ》がいます。磐姫は葛城襲津彦《かずらきのそつひこ》という豪族の娘。かなり大きな力を持っていたらしく、天皇家は葛城氏の力なくして王権を樹立できなかったとも言われます。つまり磐姫と仁徳は、政略結婚だったわけです。

もっとも仁徳天皇の妻は一人ではありません。有力者の娘というライバルが、数人いたようです。『古事記』や『日本書紀《にほんしょき》』の磐姫は、嫉妬深い女性として描かれています。万葉集には、その磐姫の作と伝えられる歌が「天皇を思《しの》ひて作りませる御歌」として、四首、収録されています。

君が行き　日長《け》くなりぬ　山たづね
迎へか行かむ　待ちにか待たむ
――巻二・八五　磐姫皇后《いわのひめのおおきさき》

あなたが行ってしまってから、ずいぶん時が経ちました。思い切って山を尋ね、迎えに行こうかしら。それとも我慢して待っていようかしら。

かくばかり　恋ひつつあらずは　高山の
磐根《いはね》し枕《ま》きて　死なましものを
――巻二・八六　磐姫皇后

こんなにあなたを恋しく思っているのに、高い山の岩を枕にしていっそ死んでしまったほうがよかったものを。

ありつつも　君をば待たむ　打ち靡《なび》く
わが黒髪に　霜の置くまでに

――巻二・八七　磐姫皇后

こうしていつまでも、ひたすらあなたを待っていよう。なびく私の長い黒髪が白くなってしまうときまで。

秋の田の　穂の上《へ》に霧《き》らふ　朝霞
何処辺《いつへ》の方《かた》に　わが恋ひ止まむ

――巻二・八八　磐姫皇后

秋の田の稲穂の上にたちこめる朝霞のように、私の恋の苦しさも行き場を失い、晴れることはない。

歌物語風のなかなかロマンチックな構成ですよね。ただ、あまりにきちんとしているために、仁徳天皇時代の古い作品とは考えられない、というのが定説です。おそらく伝承歌などが磐姫伝説と結びついたのでしょう。

第1章で紹介した万葉集冒頭の雄略天皇の歌もそうですが、〝万葉の古代人〟の歌の多くは後世の別人がつくったと思われます。聖徳太子《しょうとくたいし》も然《しか》り。せっかくですので、聖徳太子の作とされる歌も味わってみましょう。

**家《いへ》にあれば　妹《いも》が手まかむ　草枕**
**旅に臥《こや》せる　この旅人《たびと》あはれ**
**――巻三・四一五　上宮聖徳皇子《かみつみやのしょうとこのみこ》**

家にいたなら、妻の腕を枕としているであろうに、旅路に倒れて亡くなったこの旅人が哀れだ。

聖徳太子は用明《ようめい》天皇と穴穂部間人《あなほべのはしひと》皇后との間に生まれました（図4）。第一皇子です。父方・母方ともに、祖母は蘇我稲目《そがのいなめ》の娘。蘇我氏といえば、七世紀初頭に巨大な勢力を持った一族です。自らも后《きさき》に蘇我馬子《うまこ》の娘、刀自古郎女《とじこのいらつめ》を迎えています。

聖徳太子が皇太子として、女帝、推古の摂政《せっしょう》の地位についたことは、歴史の授業で習いましたね？

そのときに、実は「この〝人事〟の陰で、殺された人物がいる」と習ったかと思います。もう記憶の彼方かもしれませんが。

その人物とは、推古天皇の前の崇峻《すしゅん》天皇です。権力をほしいままにする蘇我馬子に憤《いきどお》って倒そうとして、逆に馬子に暗殺されてしまいました。

これが万葉における「血なまぐさい事件」の始まりだったのです。

もっとも聖徳太子は、十七条の憲法の制定をはじめ、官僚制の整備、歴史書の編纂、仏教の保護・普及など、多くの事業に取り組んだ、非常に優秀な政治家でした。

現代では「本当に聖徳太子がやったことかどうか疑問」とされるものも多々ありますし、存在しなかったという説もあります。とはいえ「太子信仰」なるものが生まれるほど、伝説としての聖徳太子が人々の尊崇《そんすう》を集めたことはたしかです。

前の歌は「太子の仏教帰依《きえ》のその中から出てきた人間への愛《いと》しみであろう」と、中西氏は著書のなかで述べています。温かな人間性を感じる歌ですよね。

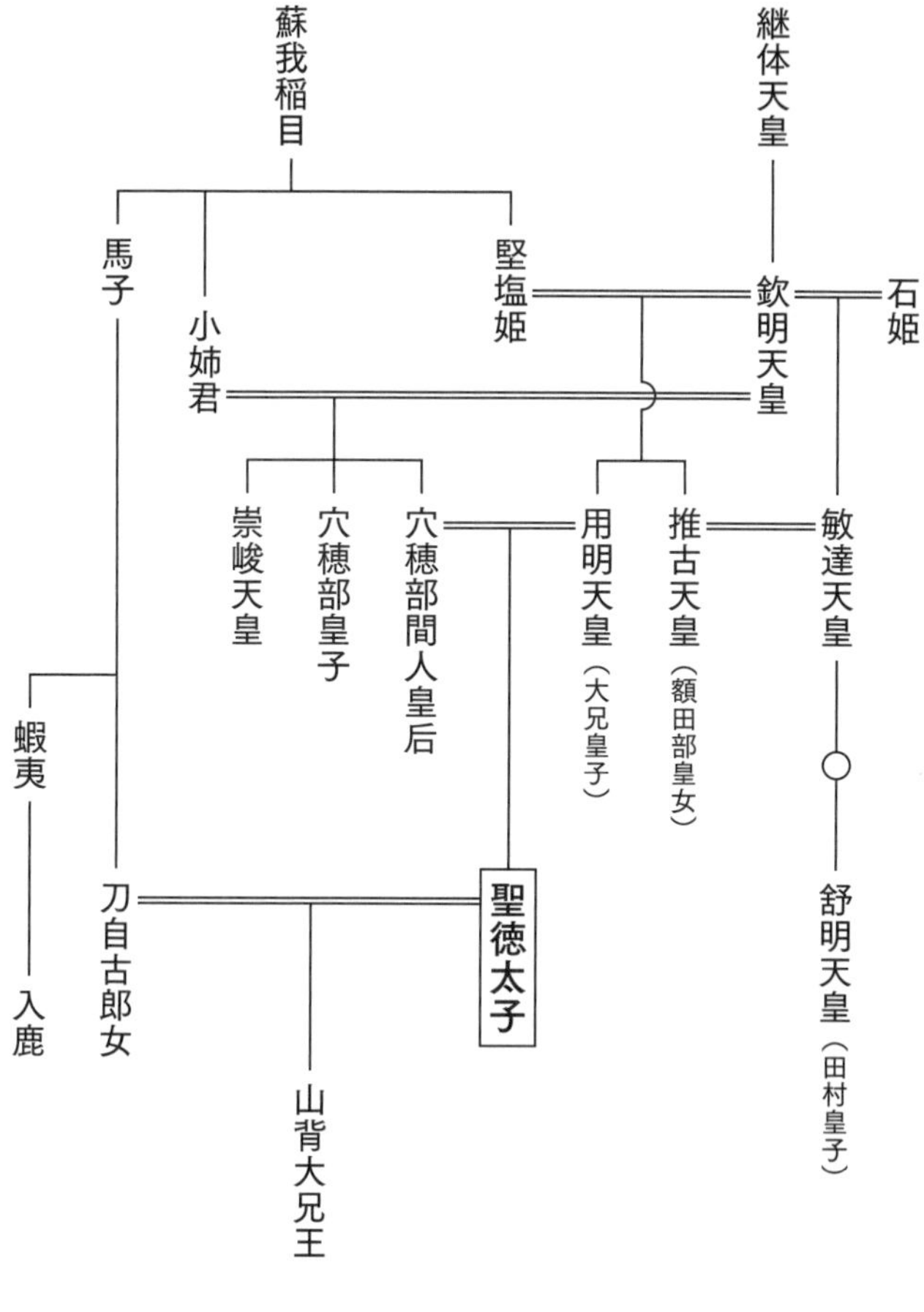
蘇我稲目
継体天皇
馬子
小姉君
堅塩姫
欽明天皇
石姫
崇峻天皇
穴穂部皇子
穴穂部間人皇后
用明天皇（大兄皇子）
推古天皇（額田部皇女）
敏達天皇
蝦夷
入鹿
刀自古郎女
聖徳太子
舒明天皇（田村皇子）
山背大兄王

図4 聖徳太子 関係図

## 舒明が天皇になれたのは蘇我蝦夷のおかげ

古代史には常に、天皇の跡目《あとめ》争いと権勢をふるう豪族の陰謀がつきまといます。聖徳太子が亡くなり、推古天皇が崩御《ほうぎょ》された後、田村皇子《たむらのみこ》が皇位についたときもそうでした。田村皇子は後の舒明《じょめい》天皇。即位に際しては、聖徳太子の子、山背大兄《やましろのおおえ》との争いがありました。田村皇子側についた蘇我蝦夷《えみし》が、山背大兄を支持した境部摩理勢《さかいべのまりせ》を殺すという事件があって、田村皇子は舒明天皇になれたと言ってもいいでしょう。

その舒明天皇の歌が万葉集にあります。

大和《やまと》には　群山《むらやま》あれど　とりよろふ　天《あま》の香具山《かぐやま》
登り立ち　国見《くにみ》をすれば　国原《くにはら》は　煙《けぶり》立つ立つ
海原《うなはら》は　鷗《かまめ》立つ立つ　うまし国そ　蜻蛉島《あきづしま》
大和の国は

――巻一・二　舒明天皇《じょめいてんのう》

大和にはたくさんの山があるが、なかでも美しい天の香具山、その頂上に立って国見をすると、国原にはあちこちで竈《かまど》の煙が立ち上り、海原《うなばら》には方々で鷗《かもめ》が飛び交っている。何とすばらしい国だろう、大和の国は。

これはいわゆる「国見《くにみ》の歌」。明るくのびやかな印象ですが、右に述べた即位の経緯を知ると、また違った味わいがあります。蝦夷の専横《せんおう》がエスカレートするなかで、舒明天皇は政治の舞台で中心に立つことはかなわないと、寂しい思いをされていたのではないかなぁとも思えます。

でも歌自体は、音読して気持ちのいい作品でもあります。

高所からの広い視野が気持ちよく、「立つ立つ」のリズムが歌全体に躍動感を与え、気持ちが明るくなるように思います。

すごいよ！

2

# 中大兄皇子周辺に常に漂う血のにおい

## 「大化の改新」という名のテロ事件

「大化《たいか》の改新」と聞くと、みなさんはまず「ああ、天皇による中央集権国家が成立した、あの出来事ね。それまで豪族に牛耳《ぎゅうじ》られていた政治が刷新《さっしん》されたんだよね」というふうなことを思い浮かべるでしょうか。

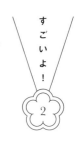

間違いではありませんが、単純に明るい改革とも言えません。というのも、始まりは中大兄皇子《なかのおおえのおうじ》と中臣鎌足《なかとみのかまたり》（後の藤原鎌足）による蘇我入鹿《いるか》暗殺（乙巳《いっし》の変《へん》）で、これはクーデターというよりテロ事件、もっと言えば人殺しだからです。

経緯について簡単に触れておくと、事の発端は舒明天皇の跡を継いだ皇極《こうぎょく》女帝の二年（六四三）に、蘇我蝦夷が大臣の地位を息子の入鹿に譲ったこと。その一カ月後、入鹿は山背大兄を斑鳩里《いかるがのさと》に攻めて、上宮家《かみつみやけ》の人々をことごとく殺してしまったのです。「反対勢力は皆殺しだ！」みたいな節操《せっそう》の無さです。

ですから、中大兄と中臣が「入鹿を成敗《せいばい》してやる」と殺しを計画した、その気持ちはわからないでもない。蘇我氏をこのまま増長させては、天皇の地位も危ういと切羽詰《せっぱつ》まっていたのもわかります。

でも「皇極天皇にもナイショで入鹿を呼び出して、三韓《さんかん》（当時の朝鮮半島南部）朝貢《ちょうこう》という公の行事の席で、いきなり斬りかかって首を刎《は》ねる」というやり方は感心しません。おそらく主犯が皇子で、その後の政治の実権をその主犯の天皇家と藤原家が握ったために、こんな汚いやり口の暗殺事件が日本の歴史のなかで正当化されてしまったのでしょう。

## 有間皇子の悲劇

目の前で入鹿の首が刎ねられるのを見た皇極天皇は、相当ショックだったのでしょう。退位してしまいました。

その跡を継いだのが、皇極の弟の軽皇子《かるのみこ》です。といっても、すんなりとはいきませんでした。

皇極は中大兄皇子に譲ろうとしたものの、本人は頑《かたく》なに拒否。「天皇になりたいけれど、まだ暗殺事件の記憶が生々しいうちは控えよう」と思ったのか、軽皇子を推しました。その軽もまた辞退し、舒明の皇子である古人大兄《ふるひとのおおえ》を推しましたが、古人大兄は蘇我と深く結んでいたこともあって、命の危険を感じたのか、即日出家してしまいました。

結局、軽が断り切れずに跡を継ぎ、孝徳《こうとく》天皇になったのでした。中央集権の基盤を構築する各種革新は、この天皇の下《もと》で行なわれたわけです。

しかしその後も血なまぐさい事件が、次々と起こりました。なかでも私がかわいそうだなと思うのが、孝徳天皇の皇子である有間皇子《ありまのみこ》です。

彼は斉明《さいめい》天皇（孝徳天皇の後に再び天皇に返り咲いた皇極天皇）の行幸の際、蘇我赤兄《あかえ》に謀反《むほん》をそそのかされました。現実には未遂だった、というより赤兄にはめられただけだったのですが、謀反を企《くわだ》てたという罪状で処刑されることになったのです。

裏で糸を引いていたのは中大兄皇子かもしれません。皇位継承権のある有間を早いうちに抹殺しておこうと考えたことは、容易に想像できます。

それはさておき、有間皇子が紀伊《きい》国（現・和歌山県）の藤白坂《ふじしろさか》で処刑されることになり、その処刑場へ護送される途中、磐代《いわしろ》の地で詠んだ歌が二首、万葉集にあります。

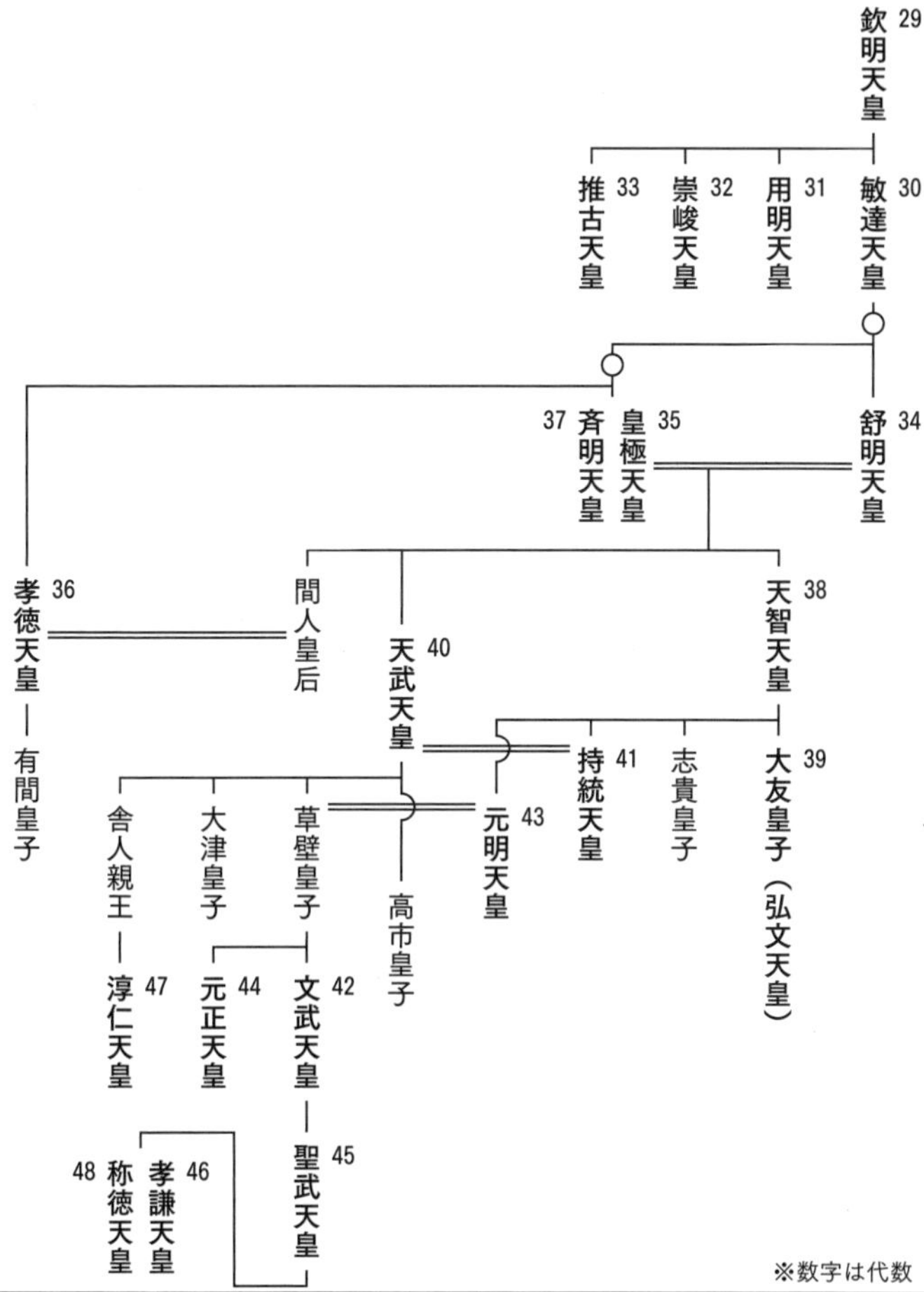
29 欽明天皇
30 敏達天皇
31 用明天皇
32 崇峻天皇
33 推古天皇
34 舒明天皇
35 皇極天皇
37 斉明天皇
36 孝徳天皇
有間皇子
間人皇后
40 天武天皇
38 天智天皇
39 大友皇子（弘文天皇）
志貴皇子
41 持統天皇
43 元明天皇
高市皇子
草壁皇子
大津皇子
舎人親王
42 文武天皇
44 元正天皇
47 淳仁天皇
45 聖武天皇
46 孝謙天皇
48 称徳天皇
※数字は代数

図５　天皇系図

**磐代《いはしろ》の　浜松が枝《え》を　引き結び**
**真幸《まさき》くあらば　また還《かへ》り見む**

――巻二・一四一　有間皇子《ありまのみこ》

岩代の浜に生える松の枝を引き結び、幸いを祈ろう。「何事もなく帰ることができ、またこの松の枝を見られますように」とつぶやいて。

**家にあれば　笥《け》に盛る飯《いひ》を　草枕《くさまくら》**
**旅にしあれば　椎《しひ》の葉に盛《も》る**

――巻二・一四二　有間皇子

家にいたなら食器に盛る飯を、旅先にあるいまは椎の葉に盛ることよ。

これらの歌を詠んだのが処刑を控えたときであることがわかると、読むほうも身を切られるような思い。むごすぎる運命を呪《のろ》う気持ちが伝わります。

もっともそんな事情を知らないまま、素直に旅の歌として読んでも大丈夫。「旅先では、椎の葉を食器がわりに食事するのも、また楽しいことよねぇ」とか、「行きの道で結んだ松の枝が、もし帰り道でも見られたら、うれしいよねぇ」といったふうに解釈したっていいのです。死ぬ直前にもこういうどうとでも解釈できる美しい歌をつくる。それこそが歌の良さでもあります。

## 中大兄皇子、洋上の歌

中大兄皇子が首謀し殺したと思われるのは、有間皇子だけではありません。乙巳の変の計画に加わった石川麻呂《いしかわまろ》や、異母兄の古人大兄などが殺されたのも、中大兄の陰謀だとされています。内政においてはそんな残酷さを滲《にじ》ませる中大兄皇子は、斉明の時代に目を外に向け、新羅《しらぎ》征討に乗り出しました。最終的には、天皇に即位して天智《てんち》天皇を名乗って二年目の六六三年、世にいう白村江《はくすきのえ》の戦いで唐・新羅連合軍に敗れたのですが、このときの西征の洋上でつくられた歌があります。

香具山《かぐやま》は　畝火《うねび》ををしと　耳梨《みみなし》と　相《あひ》あらそひき
神代《かみよ》より　かくにあるらし　古昔《いにしへ》も　然《しか》にあれこそ
うつせみも　嬬《つま》を　あらそふらしき

**反歌**

香具山と　耳梨山《みみなしやま》と　あひし時
立ちて見に来《こ》し　印南国原《いなみくにはら》
わたつみの　豊旗雲《とよはたぐも》に　入日射《いりひさ》し
今夜《こよひ》の月夜《つくよ》　さやけかりこそ

——巻一・一三〜一五　**天智天皇《てんちてんのう》**

―香具山は畝火山を雄々しく男らしいと、耳梨山からの求愛を退けたといいます。―

神代のころからそのよう。昔からそうなのだから、現実のわが身も愛する人を求めて争うのかもしれません。

**反歌**

耳梨山と香具山が争ったとき、阿菩《あぼ》（阿保《あぼ》）の大神が仲裁役として、わざわざ印南まで来てくださいました。私にも仲裁役がいてくれたらなぁ。

海にたなびく旗雲に夕陽が射して美しい。今夜の月はきっと明るく澄んでいることだろう。

「三山の歌」と呼ばれるこの歌は、額田 王《ぬかたのおおきみ》をめぐる自分と弟の天武天皇の恋の争いを思い出して詠まれたもののようです。

中大兄皇子改め天智天皇は、実質的には天皇の権力を握りながらも、孝徳の一〇年間、斉明の七年間を皇太子として過ごし、さらに続く六年間、即位式をあげないまま政務につきました。ちょっと意外な感じがしますが、天皇として君臨したのは、晩年の四年間だけだったのです。

すごいよ！ 3

# 陰謀に次ぐ陰謀
# 涙なしには読めない
# 悲劇の皇子・皇女たちの歌

## 壬申の乱

天智天皇が六七一年に崩御すると、またぞろ皇位継承権をめぐる争いが巻き起こります。それが、古代史における最大の内乱「壬申《じんしん》の乱」です。

天智天皇が即位したときはもう、後継者は弟の大海人皇子《おおあまのみこ》と目されていました。けれども天智は、亡くなる年の正月に、伊賀采女宅子娘《いがのうねめやかこ》との間にできた長子、大友《おおとも》皇子を太政《だじょう》大臣《だいじん》に任命。そして新たに、太政官を設け、左大臣に蘇我赤兄《そがのあかえ》、右大臣に中臣金《なかとみのこがね》を据えるなどして、新しい布陣で新しい政治体制を発足させたのです。

これはとりもなおさず、大友を次の天皇にしようという意思の表われ。天智がそうしたくなるほど、大友皇子はすばらしい人物だったようです。

おもしろくないのは大海人皇子です。それでも病床の天智天皇に召《め》されて後事《こうじ》を託されたときは拒否しました。皇位継承に執着していると疑われたら、暗殺される危険がありますからね。それで大海人皇子は出家し、吉野《よしの》に退いたのでした。

だからいったんは大友皇子が天皇に即位したのですが、『日本書紀』はこれを認めなかった。明治政府がようやく認めて、「弘文《こうぶん》天皇」と諡号《おくりな》するまで、大友の天皇即位はなかったことにされていたんですね。

それはともかく、天智天皇が崩御すると、大海人皇子は大友皇子を倒すために近江《おうみ》へ進撃します。大友皇子の先制攻撃を察知して、先手を打ったわけです。大友皇子だって、自分の地位をいつ脅《おびや》かさないとも限らない叔父の存在がうとましかったことは想像に難《かた》くないところ。権力志向の強い双方が「邪魔者を消せ」と戦いの火花を散らしたのでしょう。

こうして勃発した壬申の乱は、一カ月にわたる激戦の末、大海人皇子側の勝ち。大海人は即位して天武《てんむ》天皇となり、大友皇子は自殺してしまいました。

親族、舎人《とねり》、女官ら数十人を率いて吉野を出発した大海人皇子は、近江に向けて進軍する途上で部下が動員した兵や、大和で呼応した豪族らと合流。近江方を圧倒したのでした。

この壬申の乱のときの合戦の模様を、後に柿本人麻呂《かきのもとのひとまろ》が長歌にしています。かなり長いので、一部抜粋して紹介します。

吹き響《な》せる　小角《くだ》の音《おと》も　敵《あた》見たる　虎《とら》か吼《ほ》ゆると
諸人《もろひと》の　おびゆるまでに　捧《ささ》げたる　幡《はた》の靡《なびき》は
冬ごもり　春さり来れば　野ごとに
着《つ》きてある火の　風の共《むた》　靡《なび》くがごとく
取り持てる　弓弭《ゆはず》の騒《さわき》　み雪降る　冬の林に
飄風《つむじ》かも　い巻き渡ると　思ふまで　聞《き》きの恐《かしこ》く
引き放《はな》つ　矢の繁《しげ》けく　大雪の　乱れて来《きた》れ

——巻二・一九九　柿本朝臣人麻呂《かきのもとのあそみひとまろ》

笛の音が鳴り響き、その音は人々が敵と出合った虎が吼えているのかと怯《おび》えるほど。兵士たちが高く掲げている軍旗の靡く様は、野に燃え立つ野火が風に煽《あお》られて揺らめくようだ。手にした弓の弭《ゆはず》（弦をかけるところ）がぶつかり合う音は、雪の降る冬の林につむじ風が舞い乱れているのかと思うほど恐ろしい。夥《おびただ》しい量の矢が、降り乱れる大雪のように飛んでくる。

まるで『平家物語《へいけものがたり》』の源平合戦のような、迫力ある場面が歌にされています。大海人皇子の子、高市皇子《たけちのみこ》が大活躍したシーンです。

古代史はとにかく血縁関係がややこしいので、ここに簡単な系図を載せておきます（図6）。

**吉野よいとこ**

天武天皇の治世は、絶対的集権体制を徹底して推し進めたことが特徴的。たとえば近江

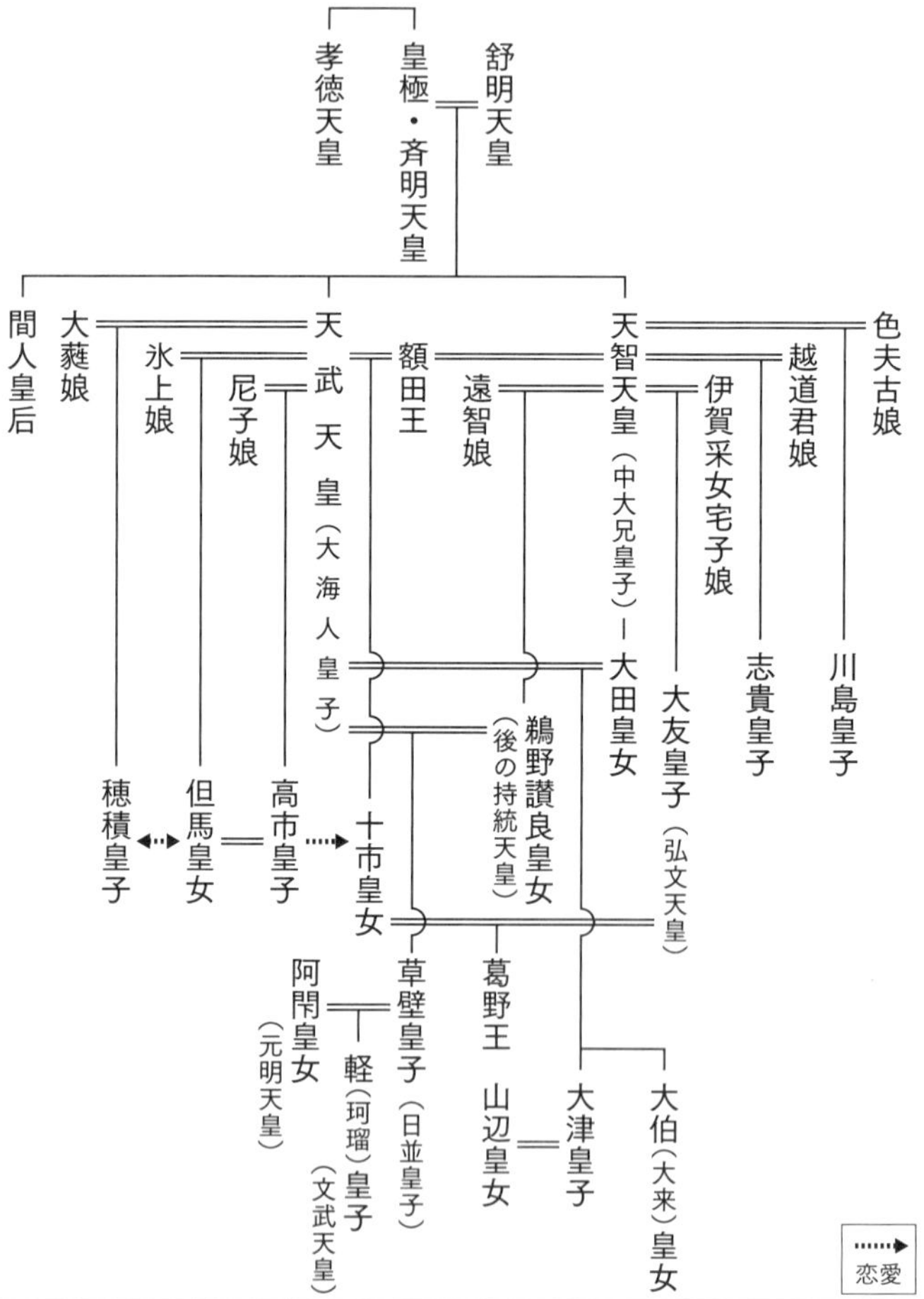


図６　額田王、天智天皇、天武天皇をめぐる関係図

朝で設けられたばかりの、太政大臣・左右大臣という官制を廃止し、有力な豪族の首長を首脳陣に入れなかったこともその一つです。

また特筆すべきは、歴史の編集という一大事業を開始したことです。これが『日本書紀』『古事記』として完成するわけですが、いずれも天皇家の由緒正しさを示し、王権の基盤を固めることが目的でした。

その天武天皇の作と伝承されている歌に、こんな一首があります。

**よき人の　よしとよく見て　よしと言ひし**
**吉野よく見よ　よき人よく見つ**

――巻一・二七　**天武天皇《てんむてんのう》**

昔、偉い人が吉野をつくづく見て、良い所だと言って、吉野と名をつけた。いまのあなたたちもよく見るといい。

この歌は天武天皇が六七九（天武八）年五月六日に、吉野に行幸した際につくった歌とされています。ここ吉野で四人の皇子——草壁《くさかべ》・大津《おおつ》・高市・忍壁《おさかべ》と、天智の遺児である川島《かわしま》・志貴《しき》の二皇子の一人ひとりを抱きしめ、忠誠を誓わせたのです。

天武にとって吉野は、いわば「聖地」のようなもの。自らが皇位を継承する原動力ともなった、壬申の乱での華々しい勝利の記憶を長く留めておくためにも、歌を通して吉野を尊厳化して伝えたかったのだと思います。

もう一つ、天武天皇が藤原夫人《ふじわらのぶにん》と交わした贈答歌があります（夫人とは妃の次に位する称）。藤原夫人は、あの大化の改新の首謀者の一人だった藤原鎌足の娘で、またの名が五百重《いおえのいら》娘《つめ》。壬申の乱後に天武の後宮《こうきゅう》に迎えられました。二人が知的でユーモラスなやりとりをしています。

**わが里に　大雪降れり　大原《おほはら》の**
**古《ふ》りにし里に　落《ふ》らまくは後《のち》**

——巻二・一〇三　天武天皇《てんむてんのう》

—私の住む里に大雪が降った。お前のいる大原の古びた里に雪が降るのはまだまだ—

後のことだろう。

わが岡の　龗《おかみ》に言ひて　落《ふ》らしめし
雪の摧《くだ》けし　其処《そこ》に散りけむ

——巻二・一〇四　藤原夫人《ふじわらのぶにん》

そちらで降っている大雪は、私が里の龍神にお願いして降らせた雪のほんのひとかけらが飛び散っていったものでしょう。

天武天皇の「大雪が降ったよ」の言葉には、自らが造った浄御原宮《きよみはらのみや》と呼ばれる新しい都を誇る気持ちが垣間見えます。

実際にはその都と恋人の住む大原《おおはら》とは一キロほどしか離れていないのですが、大原をあたかも古びた田舎町であるかのように揶揄《やゆ》している。そこに、天武の子どもっぽいような、お茶目な魅力が感じられます。

一方、藤原夫人の切り返しはお見事！　大雪が降ったことを無邪気に喜び、「お前のいるところはまだまだ降らないよ」と自慢げな天武に対し、「何をおっしゃいますか。その雪、私が降らせた雪のおこぼれよ」とチクリ。年齢は天武のほうがずっと上なのに、夫人の手のひらの上で転がされているような印象すらあります。

## 十市皇女・高市皇子の悲恋

壬申の乱で天武天皇が打ち負かした大友皇子は、娘の十市皇女《とおちのひめみこ》の夫。十市皇女は額田王との間にできた、天武の最初の子どもなのです。

十市にしてみれば、「父に夫を殺された」ことになります。そのとき十市は二十歳前で、四歳の幼い息子、葛野王《かどののおおきみ》を抱えていました。悲運を嘆く日々のなかで、十市にはもう一つの悩みがありました。同じく天武を父とする高市皇子を愛してしまったことです。

異母兄だからの罪悪感、ではありません。系図（図6）を見ていただくとわかるように、古代にあっては、血縁の近い者同士の結婚が当たり前のように行なわれていました。これに関しては罪悪感はそれほどなかったはずです。

ひっかかったのはおそらく、高市皇子が壬申の乱で天武を助けて奮戦した、言い換えれば夫の首をあげた敵軍の将であったことでしょう。

十市皇女は亡くなった夫に対する思慕、愛する夫を奪った男への憎しみを募らせながらも、高市皇子に惹《ひ》かれていく自分をどうすることもできなかった。それゆえに苦しみがどんどん深くなっていったのだと思います。

そんな十市が突如亡くなったのは、天武が自ら建てた斎《いつき》の宮に赴《おもむ》き、天つ神と国つ神に祈りを捧げようとする未明のこと。自殺ではないかと言われています。

十市皇女と高市皇子、二人の悲恋は、十市が亡くなったときに高市が詠んだという三首の歌が物語っています。

三諸《みもろ》の　神の神杉《かむすぎ》　夢《いめ》のみに
見えつつ共に　寝《い》ねぬ　夜《よ》ぞ多き

——巻二・一五六　高市皇子《たけちのみこ》

—あの神杉のように手を触れることもできない。あなたは夢に現われるだけ。共寝—

をしない夜をどれだけ過ごしたことか。

神山《かむやま》の　山辺真麻木綿《やまへまそゆふ》　短木綿《みじかゆふ》
かくのみ故《から》に　長くと思ひき

——巻二・一五七　高市皇子

二人の愛が長く続いて欲しいと神に祈ったのに、皇女の命はこんなにも短かった。

山振《やまぶき》の　立ち儀《よそ》ひたる　山清水《やましみづ》
酌《く》みに行かめど　道の知らなく

——巻二・一五八　高市皇子

山吹の花に彩られた泉は十市皇女のよう。命を甦らせるという伝説があるその泉の水を汲みに行きたいけれど、道を知らない。

これらの歌から、十市皇女が簡単には高市皇子に身を許さなかったことがわかります。壬申の乱という政争がこんなにも息の詰まる悲恋を生んでしまったことを思うと、若い二人がかわいそうでなりません。

古代史と重ね合わせると、歌にいっそうの深みが感じられますね。

## 曲者・持統天皇

天武天皇には一〇人の妻があったそうです。『日本書紀』に記されているだけですから、現実にはもっとたくさんの妻がいたかもしれません。

その妻のなかで鵜野讃良皇女《うののさららのひめみこ》（後の持統《じとう》天皇）・大田皇女《おおたのひめみこ》・大江皇女《おおえのひめみこ》・新田部皇女《にいたべのひめみこ》の四人が天智の娘。彼女たちを妃とし、鎌足の二人の娘（氷上娘《ひがみのいらつめ》・五百重娘《いおえのいらつめ》）と蘇我赤兄の娘（大蕤娘《おおぬのいらつめ》）が夫人《ぶにん》の地位を与えられています。

そこに生まれた皇子が一〇人！　天武亡き後にまたまた後継者争いが起きるのは当たり前のことでしょう。

もちろん一〇人が横並びに争うわけではありません。母の出自が低い皇子は、最初にはじかれます。具体的には、新田部皇子、穂積皇子《ほづみのみこ》、高市皇子、忍壁皇子、磯城《しき》皇子の五人です。残るは五人で、最終的には大田皇女を母とする大津皇子、鸕野讃良皇女を母とする草壁皇子に絞られました。

当初、最有力候補は草壁皇子でした。というのも大津皇子の母、大田皇女は、本来なら天武が即位したときに皇后になるはずだったのに病気で亡くなったからです。

それで皇后のお鉢が回ってきたのが、大田皇女の妹である鸕野讃良皇女です。彼女が天武をよく助けたこともあって、「次は、讃良の子である草壁皇子にしようか」となったわけです。

問題は、草壁皇子が病弱であったことです。そのためばかりではないかもしれませんが、彼は次期天皇と目されながらも、天武亡き後すぐに即位することはありませんでした。

母の鸕野皇后はおそらく、草壁を何とか天皇につけたかったのでしょう。平たく言えば、それが実現する日を待ちながら、邪魔者の大津皇子を殺し、自分が天皇に即位。持統天皇として政治を行なうことになったのだと思われます。

つまり大津皇子は、持統天皇の陰謀によって失脚させられたのです。中西氏は『古代史で楽しむ万葉集』のなかでこう述べています。

「書紀は十月二日に突如として謀反発覚、大津ら三十余人の逮捕をしるし、翌三日には死を賜わっている、この迅速さ、謀反の内容のまったく知られないこと、そしてこれが天武死後二十日あまりのことであることをもって、皇后がわの陰謀だったことは疑いない。逮捕者のリストはとっくにでき上がっていたのである」

骨肉の争いもここまでくると、「恐い」のひとことに尽きます。

それにしてもなぜ、持統天皇は大津皇子を排斥することに躍起になったのでしょう。天皇という地位への、わが子かわいさゆえの妄執《もうしゅう》があったにせよ、大津皇子だってかわいい甥《おい》ではありませんか。

天武にとっても大津は、壬申の乱のときに父の決起を知るや、わずか一〇歳にして鈴鹿《すずか》の関《せき》に駆けつけ加勢してくれた、かわいい息子です。

すでに母が病没していたことを考えると、よけいに「不憫《ふびん》な甥っ子よのぉ」と同情する気持ちもわくではありませんか。

しかし持統は、そうは思わなかったようです。わが子草壁皇子に比べて、大津があまりにも優れた人物だったから、「かわいさ余って憎さ百倍」みたいな気持ちになったのかもしれません。

なにしろ大津は、幼少のころから学問を好み、賢くて知識豊富で文章を書くのも上手で、成長するにつれて風貌も堂々としてきて、しかも明るく開放的な性格でコミュニケーション上手で、礼儀正しく、人からとても好かれた……もう非の打ちどころのない好青年で、

「現代なら、山中伸弥《やまなかしんや》先生を若くしたみたいな人？」

なんて勝手にイメージしてしまいます。

大津皇子は「そんな人、いるの？」と疑いたくなるくらい、立派な人物だったのでしょう。

持統も大津を見ると、つい病弱なわが子と引き比べて、憎く思う気持ちが止められなかったのかもしれません。

かわいそうなのは、何の罪も落ち度もない大津皇子です。親友だった川島皇子が何を密告したのか、突如、「謀反を企てた」罪で処刑を申し渡されてしまったのです。

その大津が刑死直前に詠んだとされる歌があります。

ももづたふ　磐余《いはれ》の池に　鳴く鴨《かも》を
今日《けふ》のみ見てや　雲隠《がく》りなむ
――巻三・四一六　大津皇子《おおつのみこ》

―磐余《いわれ》の池で鳴く鴨を見るのも今日が限り。私は死んでいくのだなあ。―

死にゆく無念さがあっただろうに、こんなにも静かな心境になれるものでしょうか。はかない命への感傷が、こんなにも美しい映像のように表現されるものでしょうか。

その辺がちょっと不自然でもあるので、「敬語の使い方から見て、皇子に同情した人が皇子に仮託して詠んだ句」とする見方もあります。

『日本書紀』によると、大津が刑死したとき、妃の山辺皇女《やまのべ》が髪を振り乱して走り回り、やがて屍《しかばね》に寄り添い殉死したといいます。このことにも人々は、同情を禁じ得なかったと思います。

もう一人、大津の刑死を深く嘆き悲しんだ女性がいます。姉の大伯皇女《おおく》です。彼女は一四歳のころから伊勢神宮の斎宮《さいぐう》になり、すでに一〇年余りの歳月が流れていました。斎宮とは伊勢神宮に奉仕する皇女のこと。天皇の名代として、新しく天皇が即位すると、未婚の内親王または女王から選ばれます。

大津は処刑される前に、伊勢にいる大伯皇女を訪ねています。自分の身の回りに不穏な動きがあることを察知し、巫女《みこ》である姉に神意を聞きたかったのか。それとも無意識のうちに、「死ぬ前に姉に一目会いたい」という気持ちが働いたのか。いまとなっては想像するしかありません。

しかし時は、天武天皇が崩御されたばかりのころ。そんな大事のときに伊勢に下向するのはまずいのではないかと、不吉な予感が走ったのでしょう。大伯皇女は帰っていく弟を見送り、こんな歌を詠んでいます。

**わが背子《せこ》を　大和へ遣《や》ると　さ夜深《ふ》けて**
**暁《あかとき》露《つゆ》に　わが立ち濡れし**

——巻二・一〇五　大伯皇女《おおくのひめみこ》

——弟が大和へ帰るのを見送って、夜が更け、朝になり露に濡れるまで立ちつくしていたことよ。——

**二人行けど　行き過ぎ難き　秋山を**
**いかにか君が　独り越ゆらむ**

——巻二・一〇六　大伯皇女

——二人で手をたずさえて越えても困難な秋の山道を、あなたは一人でどうやって越えてゆかれるのか。——

すでに両親はなく、きょうだいの身内は互いだけ。弟を心配する姉の気持ちが、ひしひしと伝わってきます。

大伯皇女はまた、弟の死を悲嘆する歌も詠んでいます。天武天皇の崩御により斎宮の任を解かれ都に戻った彼女が、大津の死から一カ月余りして詠んだ二首がこれ。

神風《かむかぜ》の　伊勢の国にも　あらましを
何しか来《き》けむ　君もあらなくに

――巻二・一六三　大伯皇女

伊勢国にいたほうがよかった。私は何をしに都に帰って来たのか、もう弟もいないのに。

見まく欲《ほ》り　わがする君も　あらなくに
なにしか来《き》けむ　馬疲るるに

――巻二・一六四　大伯皇女

会いたくてしかたがないあなたはもういない。それなのに私は何をしに都に帰って来たのだろう。馬も疲れるというのに。

さらに大伯皇女は、大津の死の数カ月後、屍が二上山《ふたかみやま》に埋葬されたときにも、二首の歌を詠んでいます。

うつそみの　人にあるわれや　明日《あす》よりは
二上山《ふたかみやま》を　弟世《いろせ》とわが見む
——巻二・一六五　大伯皇女

——この世に生きる私は、明日からは二上山を弟だと思って眺めよう。——

磯の上《うへ》に　生《お》ふる馬酔木《あしび》を　手折《たを》らめど
見すべき君が　ありと言はなくに
——巻二・一六六　大伯皇女

——川岸にいまが盛りと咲く馬酔木の花を手折ろうと思うけれど、手折ったところで見せたいあなたはもうこの世にいない。——

この世に一人きりしかいない肉親を失った大伯皇女の寂しさ、悲しみがいかばかりのものであったか、胸が詰まります。

なお持統が妄執した草壁皇子は、持統三年に他界しました。持統が即位の式をあげたのはその翌年。正式には、ここからが持統朝なのです。

すごいよ！ 4

## 藤原京までは新天皇が即位するたびに都が替わった

### 一代一都

「古来、都というのはそう頻繁に替わるものではない」

そんなふうに思い込んでいませんか？

けれども実際には逆。昔は頻繁に遷都が行なわれています。

とくに古代にあっては、ほぼ「一代一都」という感じで、天皇が替わるたびに都も場所を移して〝新築〟されていました。

といっても場所的には、だいたい飛鳥《あすか》辺り。天皇の住まいである宮が都とされました。

近年の発掘調査によると、舒明天皇は飛鳥岡本宮《おかもとのみや》、皇極天皇は飛鳥板蓋宮《いたぶきのみや》、斉明・天智天皇は後飛鳥岡本宮《ごあすかおかもとのみや》などと推定されています。

計画都市としての都が造られるようになったのは天智以降のこと。代々飛鳥周辺に宮殿を造営してきましたが、天智はそれを一新し、琵琶湖畔に大津宮《おおつのみや》を建設しました。

ここは名実ともに新しい都。中国に倣《なら》って、「近江令《おうみりょう》」と呼ばれる法典の制定や、戸籍の作成などを行ないました。

ただ都としては、五年と短命。次の天武天皇は即位と同時に、都を大津から飛鳥に戻して浄御原宮《きよみはらのみや》を造営しました。

この浄御原宮は天武天皇の在位期間に比べれば一四年と長かったものの、持統天皇の治世になると、やっぱり都が遷《うつ》されました。それが藤原京です。

## 新都・藤原京

藤原京は持統天皇が先代であり夫である天武天皇の遺志を継いで造営した「新しい都」です。わが国最初の都城《とじょうせい》制による政治的な都となり、古代史上も大変重要な出来事と捉えられています。

六九四年にこの都が誕生してからは、「一代一都」の法則はなくなり、七一〇年に都が奈良の平城京に遷るまでの一六年、持統・文武《もんむ》・元明《げんめい》の三代の都城となったのです。年数を見ると、そんなに長期間とも言えませんが、三代が同じ都を拠点としたところが異例と言えば異例。それに規模的にも機能的にも、次の平城京の原型をなす都市であったことは異論のないところでしょう。

前に触れたように、藤原京は大和平野南部、畝傍《うねび》・耳成《みみなし》・天香具山《あまのかぐやま》の中間に位置する広大な都でした。城域の回廊は南北六一六メートル、東西二三六メートルと大規模なものです。

その姿を万葉集の「藤原宮の御井《みゐ》の歌」が伝えています。

やすみしし　わご大王《おほきみ》　高照らす　日の御子《みこ》
荒栲《あらたへ》の　藤井が原に　大御門《おほみかど》　始め給ひて　埴安《はにやす》の
堤の上に　あり立たし　見《め》し給へば　大和の
青香具山《あをかぐやま》は　日の経《たて》の　大御門に　春山と

繁《しみ》さび立てり　畝火《うねび》の　この瑞《みづ》山は　日の緯《よこ》の
大御門に　瑞山《みづやま》と　山さびいます　耳成《みみなし》の
青菅山《あをすがやま》は　背面《そとも》の　大御門に　宜《よろ》しなへ
神さび立てり　名くはし　吉野の山は　影面《かげとも》の
大御門ゆ　雲居《くもゐ》にそ　遠くありける　高知るや
天《あめ》の御蔭《みかげ》　天《あめ》知るや　日の御蔭の　水こそは
常《とこしへ》に　あらめ　御井《みゐ》の清水《しみづ》

——巻一・五二　作者未詳

天皇が藤井の原に新しい宮殿を造り始めたころ、埴安池《はにやすいけ》の堤の上に立ってご覧になられた。大和の緑豊かな香具山は、春山らしく東の御門に青々と繁り立っている。畝傍の瑞々しい山は、西の御門に山里らしく鎮座している。青くすがすがしい耳成の山は、北の御門にふさわしい神々《こうごう》しさを放っている。名高い吉野の山は、南の御門から遠く望まれる。このように立派な山々に囲まれた宮殿の清水は豊かで清い。永遠に湧き続けておくれ。

これほどに壮大な都が完成するまでには、多くの民衆が工事に駆り出されたことでしょう。彼らの苦労をも感じられますが、それでも天皇という神の権威が讃えられているのはすごいことだと思います。

また新しい都が、あまりに立派できらびやかで、少し戸惑いを感じたのでしょうか。逆に古い都を思い出し、感傷的になっている歌もあります。

古《いにしへ》の　人にわれあれや　ささなみの
故《ふる》き京《みやこ》を　見れば悲しき

——巻一・三二　高市古人《たけちのふるひと》　或る書に云はく、高市連黒人《たけちのむらじくろひと》私が古い人間だからだろうか。旧都、近江大津の廃墟となった姿を見ると、とても悲しい気持ちになる。

ささなみの　国つ御神の　心《うら》さびて
荒れたる京《みやこ》　見《み》れば悲しも

――巻一・三三　高市古人　或る書に云はく、高市連黒人

こんなにも大津の都が荒れてしまったのは、土地の神の心が荒れすさんだためだろうか。悲しいなあ。

先の歌の詠み人とされる高市黒人は、下級官吏として生涯を終えた人のようです。旧都が懐かしいというより、旧都が荒廃していくのが悲しかったのでしょう。

私たちにもたとえば、「会社が都心の高層ビルのワンフロアに移転して、うれしいけれど、おんぼろビルにいた昔が懐かしい」みたいな気持ち、わかりますよね。

歌を通して都の変遷がわかるのも、万葉集のおもしろいところです。

# 第4章

# 恋の歌に知性キラリ

## 万葉人が歌で楽しんだ「恋愛ゲーム」

すごいよ！1

## 和歌の源流は「歌垣」という男女の集い

### 農耕と男女の交わりを同一次元で捉える

万葉よりもっと古い時代、日本には「歌垣《うたがき》」という習俗がありました。詳しい記録は伝わっていないのですが、鈴木日出男氏は『常陸国風土記《ひたちのくにふどき》』や『肥前国風土記《ひぜんのくにふどき》』、万葉集などの記述を総合して、歌垣を、

「春または秋、男と女たちが山に登り、神を祭るべく飲食して、歌い舞い、そして男と女がたがいに歌を詠《よ》み交《かわ》す」（『万葉集入門』）

そんな習俗だったとしています。

農耕生活では、種まきの春、収穫の秋が非常に重要な季節です。また山は、神の来臨する場所。農耕民が神を祭る信仰の場でもあります。だから「春または秋に男女が手を取り合って山に登り、飲み食いをし、歌って踊って、歌を詠み交わして、お祭りをする」のです。

ここで注目したいのは、稲が実ることと、男女が結婚して家族ができることとを、セットで捉えているところです。

つまり男女が恋して交わって、子どもができる。その関係を媒介したのが、男女が互いに贈り合う歌であり、男女の交情自体が自然の営みの一つであった、ということです。

また万葉集には、高橋虫麻呂《たかはしのむしまろ》が「筑波嶺《つくば》に登りて嬥歌会《かがい》をせし日に作れる歌一首并《あわ》せて短歌」として、歌垣の様子を詠った長歌があります（巻九・一七五九）。内容的には、「私も他人の妻と交わる。ほかの人も私の妻に声をかけてやってくれ。山の神様が古来、禁じてこなかった行事だから、今日だけは男女の交わりを咎《とが》めるな」と、現在の常識とは異なりますが、まぁ、「意外とおおらかでしたね」ということで。

ともあれ、万葉集にある多くの恋の歌は、そんな「歌垣」を源流としています。

いまの人、とくに都会の人が自然を歌にしようと思うと、たとえば山や野に「出かけて行って、自然に触れる」必要があります。ちょっと距離が遠いんですね。けれども万葉の人は、いつも自然に囲まれていました。

たとえば野の草を摘《つ》んできて、調理して食べる。

植物の繊維を糸にし、その糸を機《はた》で織って布にし、さらに植物で染めてつくった着物を着る。

家にいても、すきま風が入ってきて、寒さを敏感に感じる。

日照りが続いたり、洪水があったりすると、穀物の収穫が減って、食うに困る。

そんな自然に翻弄《ほんろう》される暮らしにあっても、万葉の人々は自然に美を見つけようとしました。それぞれの季節の良さを見つけようとしました。そのことが歌にも反映されています。たとえば、こんな歌。

**冬ごもり　春さり来《く》れば　鳴かざりし**

鳥も来鳴《きな》きぬ　咲《さ》かざりし　花も咲けれど
山を茂《も》み　入りても取らず　草深み
取りても見ず　秋山の　木《こ》の葉を見ては
黄葉《もみち》をば　取りてそしのふ　青きをば
置きてそ歎《なげ》く　そこし恨《うら》めし　秋山われは

――巻一・一六　額田王《ぬかたのおおきみ》

春になると、冬の間は鳴かなかった鳥が来て鳴く。咲かなかった花が咲く。でも山の木々が生い茂っているので、山を分け入って花を摘むことができない。草が深くて、取って見ることもできない。その点、秋の山は木々が紅葉し、見るにも美しく、手にとってその美しさを味わうこともできる。まだ青いのはそのままにして嘆く。それだけは残念だが、私は秋の山のほうが優れていると思う。

「春と秋、どっちが好き? 私は秋」という歌ですが、貴族文化の雅《みやび》が感じられます。『枕草子《まくらのそうし》』も連想されます。清少納言《せいしようなごん》は冒頭で「春なら曙《あけぼの》、夏なら夜、秋なら夕暮れ、冬なら早朝」と、自分の好きな季節の時間をあげ、以後ずーっと自分の好きなものを、どこがいいのかを説明しながら、数え上げていきます。好きなものを「これ、これ、これ」と言っていくのは、女性のほうが得意かもしれません。

話をもとい。額田王《ぬかたのおおきみ》のこの歌のように、自然の事物現象に心を寄せて表現する手法を「寄物陳思《きぶつちんし》」と呼びます。

もちろん恋の歌にも、この手法がよく用いられます。たとえばこんな歌。

**わが屋戸《やど》の　夕影草《ゆふかげくさ》の　白露《しらつゆ》の**
**消《け》ぬがにもとな　思《おも》ほゆるかも**

——巻四・五九四　笠郎女《かさのいらつめ》

—家の庭の夕影草の葉に置く白露のように、あなたに恋い焦がれる私の心も消えて—

しまいそうです。

「夕影草」は他の歌に類例がなく、笠郎女《かさのいらつめ》の造語だろうと言われています。「夕暮れどき」という時制を取り込んだ美しい言葉ですね。その草場の露が夕日を受けてキラッと光る、その瞬間の光景に、自らの恋の行方を重ね合わせています。

万葉集に残る笠郎女の歌二九首はすべて、大伴家持《おおとものやかもち》に贈ったもの。これもその一首です。彼女は青年時代の家持に恋をしていたようです。

自然の事物現象から自分自身の内面世界をつくりだす名手、と言っていいでしょう。恋心を多面的・個性的に詠っています。

余談ながら、恋愛文化の担い手は女性たちと言っていいでしょう。その証左となるのが、紫式部《むらさきしきぶ》の『源氏物語《げんじものがたり》』。ああいう作品を男性が書けたかと想像すると、「かなりムリ」だと思わざるをえません。

源氏に登場する女性たちは、若紫《わかむらさき》、夕顔《ゆうがお》、花散里《はなちるさと》などから、末摘花《すえつむはな》まで、実に多彩。ステレオタイプではない女性の魅力がさまざまに描かれています。もちろん源氏と彼女たちの恋愛模様も多種多彩。

「書き手が男性だと、女性はせいぜい二、三種類で、恋愛もパターン化されそう」と思うのは私だけでしょうか。

ともあれ万葉の昔から今日に至るまで、恋愛というテーマに関しては女性が圧倒的に豊かな才能を放っていると思いますね。

すごいよ！ 2

## 注目！モテる女性の〝ツンデレ〟ぶり

### ポイントは女性の切り返し

恋の歌はだいたい、男女の掛け合いになっています。これを、互いに歌をやり取りしたことから「相聞歌《そうもんか》」とか「贈答歌《ぞうとうか》」などと呼びます。

まず男性から歌を贈り、その歌の言葉尻のようなものを捉えて、女性が上手に切り返す、というのが一番よくあるパターンです。

前出の大海人皇子《おおあまのみこ》と額田王の「あかねさす　紫野行き……」「紫草の　にほへる妹……」や、同じく大海人皇子改め天武《てんむ》天皇と藤原《ふじわらの》夫人《ぶにん》の「わが里に　大雪降れり……」「わが岡の龗《おかみ》に言ひて……」などのやりとりがそうですね。

切り返し方としては、男の求愛に対して反発し、男を試すようにちょっと冷たくするか、反発はしないまでも機知に富んだ言葉で「どうよ」とばかりに男の情熱を上回る自分の恋情を誇るか。いまの私たちが読んでも「男、やられちゃったね」と感心するくらい、上手な切り返しがたくさん見られます。
うまい切り返しが見られる歌を、いくつか読んでみましょう。

妹《いも》が家も　継《つ》ぎて見ましを　大和《やまと》なる
大島の嶺《ね》に　家もあらましを

——巻二・九一　天智天皇《てんちてんのう》

あなたの家をいつも見られたらよいのに。大和の国のあの大島の嶺に、あなたの家があるとよいのに。

秋山の　樹《こ》の下隠《がく》り　逝《ゆ》く水の
われこそ益《ま》さめ　御思《みおもひ》よりは

——巻二・九二　鏡王女《かがみのおおきみ》

秋山の木の下に隠れて流れゆく水のように、あらわには見えないかもしれませんが、私のほうがはるかにあなたをお慕《した》いする気持ちはまさっているのですよ。あなたが私を思うよりもずっと。

男としては、自分がぶつけた恋人への思いを倍にして返してもらったようで、舞い上がってしまうのではないでしょうか。

これは、男性から受け取った強い思いを、さらに強くして送る「切り返し方」。「そんな素振りは見せないけれど、ほんとは熱い思いが滾《たぎ》っているのよ」みたいな思いを「秋山の樹の下隠り逝く水の」という序詞《じょことば》で美しく表現しています。

ついでながら、序詞について若干説明しておきましょう。序詞とは、ある語を導き出すために置く、前置きの語句のこと。この歌の序詞は、「われこそ益さめ」の「益す」を引き出しています。

機能的には枕詞《まくらことば》と似ていますが、枕詞は四、五音で、つく語が特定される一方、序詞は二句以上と長く、つく語に決まりはなく自由につくることができます。

引き出し方にはこの歌のように比喩によるものや、掛詞《かけことば》、つまり同音異義語を利用して「松」に「待つ」をかけるようなもの、「さらさら」「つらつら」など、同音反復によるものがあります。

序詞が描く情景は歌の内容と直結しないものの、歌のイメージをより豊かに膨らませる効果があります。

さて本題に戻って、鏡王女はまた、藤原鎌足《ふじわらのかまたり》から求婚されています。実は彼女、天智《てんち》天皇からこれまでの活躍へのご褒美に鎌足に下賜《かし》されたとも言われていて、鏡王女としては複雑な思いもあったのでしょう。

順番的には逆ですが、まず鏡王女が歌を贈り、それに応えて鎌足が歌を贈っています。これもちょっとおもしろいので、読んでおきましょう。

**玉くしげ　覆《おほ》ふを安《やす》み　開けていなば**
**君が名はあれど　わが名し惜しも**

——巻二・九三　鏡王女《かがみのおおきみ》

—二人の仲を隠すのは、化粧箱を蓋《ふた》で覆うくらい簡単なことですが、夜が明けてか—

——らお帰りになるようなことをされたら人目に立ちます。うわさになると、あなたの評判はともかく、私の名誉が残念なことになります。早くお帰りくださいな。——

**玉くしげ　みむまど山の　さなかづら**
**さ寝《ね》ずはつひに　ありかつましじ**

——巻二・九四　藤原鎌足《ふじわらのかまたり》

——そうは言うけれど、私はあなたとこうして寝ないではいられないよ。——

鏡王女、天智天皇に見せたけなげさとは打って変わって、少々意地悪な物言いですね。でも逆に、ここまで言えるのは親しさの裏返しかもしれません。

鎌足という人は、天智天皇から采女《うねめ》の安見児《やすみこ》をもらったときも、子どものように喜んでいます。

この歌を読むと、男がいかに単純かがよくわかり、鏡王女の〝ツンデレぶり〟と好対照をなしているように思えます。

われはもや　安見児《やすみこ》得たり　皆人の
得難《えかて》にすといふ　安見児得たり

——巻二・九五　藤原鎌足

私はおお、安見児を娶《めと》ったぞ。世間で簡単には手に入れられないと言われる美しい安見児を娶ったぞ。

安見児のような美女を手に入れた喜びに加えて、采女（後宮《こうきゅう》の女官）を差し出してくれたこと自体が、天智天皇の自分への信頼の証だと感じたのでしょう。喜ばずにはいられない鎌足の姿が目に見えるようです。万葉集の恋歌では、強く雄々しい権力者の別の一面が垣間見られるのも楽しみの一つです。

また直球ではなく、ちょっと〝曲球《くせだま》〟っぽい切り返しをして、恋の気持ちを伝えている歌があります。

大夫《ますらを》や　片恋ひせむと　嘆けども
醜《しこ》の大夫《ますらを》　なほ恋ひにけり

――巻二・一一七　舎人皇子《とねりのみこ》

片思いにため息するなど、男としてみっともないことだと思うが、あなたを恋せずにはいられない。

嘆きつつ　大夫《ますらをのこ》の　恋ふれこそ
わが髪結《かみゆひ》の　漬《ひ》ぢてぬれけれ

――巻二・一一八　舎人娘子《とねりのおとめ》

本当にみっともないお人と嘆きながらも、あなたが私を恋してくださる、そのため息で私の結った髪が濡れてほどけてしまったわ。

恋してやまない男の気持ちを、女性がからかいながらも、喜んで受け入れている、そんな様子が目に見えるようです。

あと一つ、石川郎女《いしかわのいらつめ》という女性をめぐって、いわゆる三角関係に陥った草壁皇子《くさかべのみこ》と大《おお》津皇子《つのみこ》の話を。三人の歌は次の通りです。

**大名児《おほなご》が　彼方野辺《をちかたのへ》に　刈る草《かや》の**
**束《つか》の間《あひだ》も　わが忘れめや**

——巻二・一一〇　草壁皇子《くさかべのみこ》

大名児《おおなご》（石川郎女の名）よ。あなたのことを遠くの野辺で刈っているかやのひと握りほどの短い間も忘れることがあろうか。いやありはしない。

**あしひきの　山のしづくに　妹持つと**
**わが立ち濡れし　山のしづくに**

——巻二・一〇七　大津皇子《おおつのみこ》

あなたを待って立ち続けているうちに、山の木から落ちてくる雫《しずく》にすっかり濡れてしまったよ。

吾《あ》を待つと　君が濡れけむ　あしひきの
山のしづくに　成らましものを
——巻二・一〇八　石川郎女《いしかわのいらつめ》

私を待って、あなたは濡れてしまわれたのね。私はその山の雫になって、あなたに寄り添っていたかったのに。

万葉集で見る限り、石川郎女は草壁皇子の歌には応えていないようです。もちろん男から熱烈なラブ・コールをもらったからといって、必ず女性からも歌を贈らなくてもかまいません。

だから石川郎女は、もしかしたら草壁皇子には気がなくて、スルーしたのかもしれません。

でも大津皇子に対しては、非常に機知に富んだ歌を贈っています。大津も、そのセンスの良さにほだされたことは間違いないでしょう。

中西氏によると、万葉集はこのことを「竊《ひそ》かに石川郎女に婚《あ》ひし時」と記述していて、「竊」の文字は道ならぬ恋を意味するそうです。そこから氏は、

「石川郎女は気がないにもかかわらず、ある力によってか、草壁のものとなっていたのではないか」（『古代史で楽しむ万葉集』）

と読み解いています。

一説には、持統天皇が石川郎女を使った〝色仕掛け〟で、大津を失脚させようとした、とも言われています。

## 〝ツンデレぶり〟に女性の魅力を発見した男はすごい！

こんなふうに相聞歌を見てくると、古代の恋愛には知的なゲームを楽しんでいるところがあるように思えます。

男性の求愛は、どちらかと言うと、思いをストレートにぶつける感じが強い。多少歌が

下手でも、情熱で乗り切れる部分があります。

けれども女性は、大変です。男性からの言葉を受けて、応えたい気持ちが満々でも、ちょっとツンとして気のない素振りを見せたり、じらしながら男の本気を試すようにしてみたり。あるいは「あなたより私のほうがずっと愛情深いのよ」ということを、ハイセンスな比喩を使いながら、情感あふれる表現をしたり。

知性と機知と豊富な語彙と文章スキルと豊かな感情……これだけの才能を駆使して返歌をする女性は、素直にすごい！

でも女性のそんなところ――言うなれば「知性をベースにした〝ツンデレぶり〟」に女性の魅力を見出した男もまた、大したものだと思います。

返された歌を見て、改めて「ああ、教養もセンスも情愛もある女性だなぁ」と惚《ほ》れ直し、いっそう情熱を燃やすわけで。見た目だけではないんですね。

翻《ひるがえ》って現代を考えると、女性自身も、女性を見る男性も、あまりにも見た目を重視しすぎている嫌いがあります。みんなが「かわいい至上主義」に走り、「かわいければ何でも許される」ようなところがあるような……。

知性や人間性、コミュニケーション力を磨くことをおろそかにしていると、恋愛文化がどんどん貧困になっていきます。男性も教養を磨くよりも、顔をツルツルに磨くことに力を注ぐようになってしまいます。

そうならないためにも、恋にエネルギーを燃やす「肉食系」でありながら、磨かれた知性を持つ「教養系」でもあった万葉の男女たちを見習いたいところです。

せっかく新元号が万葉集由来の「令和」になったことですし、私たち〝令和人〟も〝万葉人〟の感性から大いに学ぼうではありませんか。

すごいよ！ 3

## 恋もいろいろ　女心もいろいろ　万葉恋愛模様

### 歌づくりの原動力は恵まれなかった恋愛運？

相聞歌のように男からの歌の贈答がなくとも、女性たちは感情豊かに恋情を詠み上げています。男の不実をなじったり、「もっと、もっと」と貪欲に激しく愛情を求めたり。いわゆる「女歌《おんなうた》」はさまざまな恋愛模様を描き出しています。

なかでもすばらしい歌をつくる女流歌人の一人に、大伴坂上郎女《おおとものさかのうえのいらつめ》がいます。彼女は大伴旅人《たびと》の異母妹で、家持《やかもち》の叔母《おば》に当たります（図7）。万葉集には八〇首もの歌が収められていて、女流ではNo.1です。当然、恋を詠った「女歌」が中心ですが、現実の人生ではあまり〝男運〟に恵まれなかったようです。

最初の恋人は、彼女とは父娘ほども年齢の違う穂積皇子《ほづみのみこ》でした。後で触れますが、穂積は但馬皇女《たじまのひめみこ》と激しい恋をしました。そして但馬亡き後、穂積は恋を封印したので、万葉

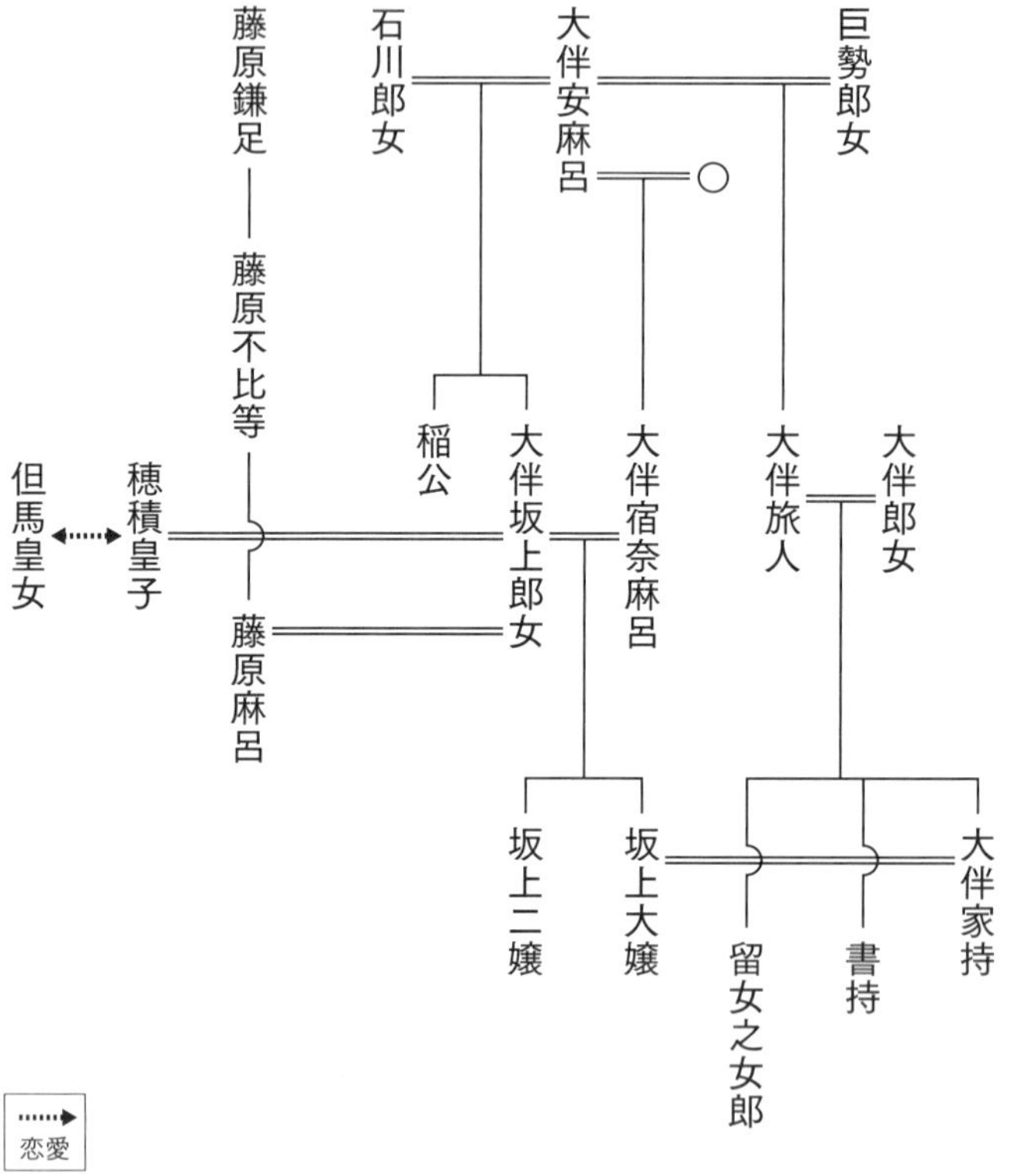


図７　女流歌人 坂上郎女 関係図

集でも坂上郎女のことは「寵愛《ちょうあい》した」と表現しています。
少し寄り道しますが、穂積が恋を封印した〝証拠〟が歌に残されています。

**家にありし　櫃《ひつ》に鏁《かぎ》刺《さ》し　蔵《をさ》めてし**
**恋の奴《やつこ》の　つかみかかりて**

**——巻十六・三八一六　穂積親王《ほづみのみこ》**

家にある衣類箱に鍵をして閉じ込めておいたのに、恋の奴め、出て来て私につかみかかってくる。

おもしろい表現ですね。穂積は酒席で宴たけなわになると、よくふざけてこの歌を詠んだといいます。
閑話休題《かんわきゅうだい》。やがて穂積が死ぬと、坂上郎女は藤原麻呂《ふじわらのまろ》（藤原麻呂は藤原鎌足《かまたり》の次男・不比等《ふひと》の四男）の求愛を受けました。ただ彼とは年齢的には合っていたものの、恋は短命に終わります。

その後、大伴宿奈麻呂《おおとものすくなまろ》という男に嫁いで二女をもうけるも、ほどなくして死に別れ。恋愛経験が豊富、とは言い切れないものがあります。

「いずれもすれ違いの恋しかしていないのだが、のちにおびただしい架空の恋歌をつくった」(『古代史で楽しむ万葉集』)と中西氏。坂上郎女は恋愛運に恵まれない一方で、豊かな想像力に任せて疑似恋愛を楽しんでいたのかもしれません。いくつか、読んでみましょう。

恋ひ恋ひて　逢《あ》へる時だに　愛《うるは》しき
言尽《ことつく》してよ　長くと思はば

――巻四・六六一　大伴坂上郎女《おおとものさかのうえのいらつめ》

ずっとずっと恋しく思い続けていて、やっと会えたのですから、せめてそのときだけでも、私をうっとりさせるような言葉を尽くしてよ。この恋がいつまでも続くことを望むなら。

男が女性から「言葉が足りない」と言われるのは、いまも同じでしょうか。男の不実をなじりながらも、女性としてのかわいらしさを遊び心まじりに表現することにかけて、坂上郎女はピカイチです。似たような歌をあと二つ。

**恋ひ恋ひて　逢《あ》ひたるものを　月しあれば**
**夜《よ》は隠《こも》るらむ　しましはあり待て**
——巻四・六六七　大伴坂上郎女

ずっとずっと恋しく思い続けていて、やっと会えたのですから、まだ月も明るく、夜も深いことですし、もう少しいてくださいな。

**われのみそ　君には恋ふる　わが背子《せこ》が**
**恋ふとふことは　言《こと》の慰《なぐさ》そ**
——巻四・六五六　大伴坂上郎女

私だけがあなたに恋してる。あなたが私を恋しいと言っているのは、口先だけ。言葉だけの気休めでしかないんだわ。

**来《こ》むといふも　来《こ》ぬ時あるを　来《こ》じといふを**
**来《こ》むとは待たじ　来《こ》じといふものを**

——巻四・五二七　大伴坂上郎女

来ると言っても来ないときがあるのに、来ないと言うなら来るかもしれないと待ちはすまい。来ないというのだから。

三つ目の歌は、藤原麻呂と恋をしているときの歌。「大伴郎女の和《こた》へたる歌四首」と括《くく》られている歌の一つです。

男を待つ切なさを、「来る、来ない、来る……」と花びらをちぎりながら占うような言葉遊びでまぎらわせている、そんな感じがします。

このように「男をなじりながらすねる」のとは異なるパターンで、逆に自分を責める気持ちを詠んだ歌もあります。

思はじと　言《い》ひてしものを　朱華色《はねずいろ》の
変《うつろ》ひやすき　わが心かも
——巻四・六五七　大伴坂上郎女

あなたのことをもう思うまいと言ってはみたけれど、紅色が褪せていくように、私の心は移ろいやすいことよ。

思へども　験《しるし》もなしと　知るものを
なにかここだく　わが恋ひわたる
——巻四・六五八　大伴坂上郎女

どんなにあなたを思っても、その甲斐なく、報《むく》われないとわかっているのに。どうしてこうも恋しい気持ちが抑えられないのだろう。


あきらめなくてはいけないのに、あきらめられない。

恋したって空《むな》しいばかりなのに、恋することをやめられない。

そんな自分を情けなく思う気持ちが滲《にじ》み出ているような歌です。片思いはつらい……誰しも経験したことのある心情でしょう。

坂上郎女はほかにも、恋愛情緒漂う四季折々の風景を詠んだ歌をつくり、さまざまな主題で長歌に取り組むなど、「女歌」の新境地を切り拓いた人です。「坂上郎女の歌集」として万葉集を楽しむのもよいかと思います。

オマケにあと一つ、坂上郎女ではなく、前出の笠郎女の歌を紹介します。片思いの切なさを独特の感性で表現した面白い歌です。

**相思《あひおも》はぬ　人を思《おも》ふは　大寺《おほでら》の**

# 餓鬼《がき》の後《しりへ》に　額《ぬか》づくがごと

――巻四・六〇八　笠郎女《かさのいらつめ》

恋する人に顧みられない、そんな詮《せん》ない恋をするなんて、大寺の伽藍《がらん》の片隅の目立たないところに置かれた餓鬼像を後ろから拝むようなものではありませんか。

いまも恋の成就《じょうじゅ》を願って、縁結びの神様にお祈りする女性は多いですよね。けなげな姿ですが、笠郎女は歌のなかで、「餓鬼像を後ろから拝んだって、何の御利益《ごりやく》があるわけではなし」と自嘲的に詠っています。

片思いに苦しむ女性は、そんな郎女の気持ちもわかるでしょう。諧謔《かいぎやく》的に心が働いているところは、おもしろみさえ感じます。

**道ならぬ恋**

愛してはいけない人を愛してしまう……「道ならぬ恋」は万葉の昔から、悲しくも美しく、激しく燃える恋の代名詞でもあったようです。万葉集にも、そんな恋に落ちた男女の懊悩《おうのう》を映し出した歌が収録されています。

たとえば先ほど少し触れた穂積皇子と但馬皇女との恋がそう。一応、おさらいしておくと、穂積と但馬はどちらも天武天皇の子で、異母兄妹の関係にあります。けれども、「だから、禁断の仲」というわけではありません。当時は母親が違えば、兄妹でも結婚はOK。恋仲になることは多かったのです。

ただ但馬は、異母兄の高市皇子の妻でした。これがまずかった。高市については前に、異母妹の十市皇女との悲恋のお話をしましたね。ちょっとした〝モテ男くん〟だったのですね。

それはさておき、穂積と但馬の恋はウワサになりました。いまと同じで、不倫というのは、みんなが大好きなネタなのです。でも但馬は、そんなウワサなどものともしなかったようです。万葉集には、

「但馬皇女の高市皇子の宮に在《いま》しし時に、竊《ひそ》かに穂積皇子に接《あ》ひて、事すでに形《あら》はれて作りませる御歌一首」の記述に続けて、次の歌が載っています。

人言《ひとごと》を　繁《しげ》み言痛《こちた》み　己《おの》が世に
いまだ渡らぬ　朝川渡る

――巻二・一一六　但馬皇女《たじまのひめみこ》

人のウワサがうるさいので、生まれて初めて朝の川を渡って、恋人に会いに行こう。

「密会がバレたときの歌」とのこと。但馬皇女はかなりヤンチャと言いますか、情熱家と言いますか……「これまで経験したことのない朝の冷たい川を渡った」というのですから、大変な勇気を出して「道ならぬ恋」に飛び込んだわけです。

この当時、男が女のもとに通うのがふつう。そんな常識も破ったのです。朝の川の水の冷たさと、許されない恋という未知の世界への不安とが重なった、非常にすばらしい歌だと思いますね。

また穂積と但馬、二人の歌が一首おいて並んでいるところもあります。

今朝《けさ》の朝明《あさけ》　雁《かり》が音《ね》聞きつ　春日山《かすがやま》
黄葉《もみち》にけらし　わが情痛《こころいた》し

——巻八・一五一三　穂積皇子《ほづみのみこ》

今朝方、雁の声を聞いた。春日山はもう紅葉したそうだ。秋になったのだなぁ。もの悲しい気持ちになってくる。

言《こと》しげき　里に住まずは　今朝《けさ》鳴きし
雁《かり》に副《たぐ》ひて　去《い》なましものを

——巻八・一五一五　但馬皇女《たじまのひめみこ》

人にあれこれウワサされる、こんなにうるさい里に住まずに、今朝鳴いた雁といっしょに、そちらに飛んで行けたらいいのに。

この二首は「相聞歌」のようになっています。と言っても、但馬皇女のほうが積極的に、甘く迫っている印象です。

「朝川渡る」もそうですが、但馬皇女は万葉の世にあって、進歩的な女性だったと言えそうです。

もう一組、「道ならぬ恋」に身を投じたカップルの話をしましょう。神祇官《じんぎかん》の中臣宅守《なかとみのやかもり》と、神事に奉仕する女官《じょかん》だったと伝えられる狭野茅上娘子《さののちがみのおとめ》です。

「神に仕える身でありながら、恋をするとは、何たることか」とのお咎《とが》めがあったのか、宅守は越前国《えちぜんのくに》に配流《はいる》されたといいます。

万葉集には、仲を引き裂かれた二人の贈答歌が、宅守から茅上に四〇首、茅上から宅守に二三首、一括して載せられています。なかでも凄まじいまでの思いの強さが感じられるのが、この歌。

君が行く　道のながてを　繰《く》り畳《たた》ね
焼き亡《ほろ》ぼさむ　天《あめ》の火もがも

——巻十五・三七二四　狭野茅上娘子《さののちがみのおとめ》

――罪を得たあなたがたどっていく長い長い道のりを、手繰《たぐ》り寄せ、畳み上げ、天よ、天の火で焼き尽くして欲しい。――

この歌を詠む茅上の目には、越前国につながる道がゴーッと音を立て、燃えさかる炎に焼かれる様が映じているのでしょうか。恋の歌が多い万葉集でも、一、二を争う激しさです。

あと二つほど、茅上の歌をあげておきましょう。

**わが宿《やど》の　松の葉見つつ　吾《あれ》待たむ**
**早《はや》帰りませ　恋ひ死なぬとに**

――巻十五・三七四七　狭野茅上娘子

――家の庭の松の木を見ては、あなたを待つことにしようという思いを新たにします。早く帰ってきてくださいね、私が恋に狂い死にしてしまわないうちに。――

天地《あめつち》の　底《そこ》ひのうらに　吾《あ》が如く
君に恋ふらむ　人は実《さね》あらじ
——巻十五・三七五〇　狭野茅上娘子

天と地をひっくり返し、その表も底の裏までも探しても、私ほどあなたを恋して
いる女はいないでしょう。

これらはほんの一部ですが、どれも表現が個性的でおもしろい歌ばかりです。古代に視野を宇宙の果てまで広げる、という発想はなかなかできないものだと感心します。

彼女の激しさに比べると、恋人の中臣宅守は地味な男だった様子。斎藤茂吉が著書『万葉秀歌（下）』で、こう評しています。

「この方は気が利《き》かない程地味で、骨折って歌っているが、娘子の歌ほど声調にゆらぎが無い。『天地の神なきものにあらばこそ吾《あ》が思《も》ふ妹に逢はず死《しに》せめ』（巻十五・三七四〇）、『逢はむ日をその日と知らず常闇《とこやみ》にいづれの日まで吾《あれ》恋ひ居らむ』（同・三七四二）などに

あるように、『天地の神』とか、『常闇』とか詠込んでいるが、それほど響かないのは、おとなしい人であったのかも知れない」

茅上のあまりにも激しい情熱に気圧《けお》されたのかもしれませんね。大げさな表現を真似てはみたけれど、地味な自分には似合わなかった、というところでしょうか。

すごいよ！ 4

## 歌を詠み 愛する人の 死を悼む

### 「挽歌」は三大部立ての一つ

万葉集は内容上、三つに分類されます。それが、「雑歌《ぞうか》」「相聞」「挽歌《ばんか》」で、「三大部立て」と呼ばれています。

「相聞」は、本章で読んできたような、主として男女が恋を詠み合う歌。「挽歌」は、死者を悼《いた》む歌。「雑歌」は、「相聞」「挽歌」以外の歌で、宮廷関係の歌、旅の途上で詠んだ歌、自然を詠んだ歌などがあります。

どうしてこういう分け方をしたのか。中西進氏が著書『万葉の秀歌』のなかで、次のように述べておられます。

「今日にいたるまでのあらゆる文学のなかから、愛と死にかんする部分を取り去ったら、ほとんどの作品は残らないのではないだろうか。（中略）愛は死をいっそう悲しくし、死は愛をいっそう激越にするだろう。万葉人は千年の昔に、こうした人間のあり方を知って、それのみに眼をこらしていたのである」

たしかに愛と死は、文学の永遠のテーマですね。万葉集が「愛と死と、それ以外」と分類したのは、とても自然なことに思えます。

もちろん挽歌は、恋人の死を悼む歌だけではありません。柿本人麻呂が宮廷歌人として、宮廷儀礼のために皇族の死を悼んでつくった歌があります。辞世の歌や葬送の歌、病中の歌などもあります。

ここまで読んできた有間皇子や大津皇子、穂積皇子などにまつわる挽歌とはまた違った観点から、愛する人の死を見ていきましょう。

## 天皇の死を悼む

天皇への挽歌がもっとも多いのは、天智天皇が亡くなったとき。葬送の歌を詠むことが、後宮の女たちのお役目だったようです。

けれどもそのような奉仕は消滅したようで、次の天武天皇のときのものは持統天皇の歌のみ。後宮の女たちの歌はありません。
その意味では、天智天皇に対する女性たちの挽歌は、初期万葉の時代特有の、儀式的色合いの強い歌としての味わいを楽しめます。二首ほど、読んでみましょう。

人はよし　思ひ止《や》むとも　玉鬘《たまかづら》
影に見えつつ　忘らえぬかも
――巻二・一四九　倭大后《やまとのおおきさき》

ほかの人が亡くなられた天皇のことをお慕いしなくなろうとも、私にはいつも天皇の面影が見えているから、忘れられません。

やすみしし　わご大君の　大御船
待ちか恋ふらむ　志賀の辛崎《からさき》
――巻二・一五二　舎人吉年《とねりのきね》

死への船出をしたわが大君の大船が帰って来るかもしれないと、今も待ち焦がれているのか、近江の志賀の唐崎の港は。

このような皇后や後宮の女性たちが詠んだ挽歌とは別に、「殯宮挽歌《もがりのみやばんか》」という挽歌があります。

古代、死者を埋葬するまでの間、遺体を安置して蘇りを願う儀礼がありました。それが「殯宮」。参列者は声をあげて泣き悲しみ、歌舞を奏し、「誄《しのひごと》」という追憶の言葉を次々に読み上げていくのです。

「殯宮挽歌」はその一連の儀式の後に、「誄」のような形式で詠み歌われたもの。柿本人麻呂が公に求められて、殯宮挽歌をつくり、詠う任にあったとされています。

代表的な殯宮挽歌として、「日並皇子《ひなみしのみこ》殯宮挽歌」を読みましょう。「日並皇子」とは、持統天皇が天武天皇の跡継ぎにしたいと願ってやまなかった草壁《くさかべ》皇子のことです。

**天地《あめつち》の　初《はじめ》の時　ひさかたの　天《あま》の河原《かはら》に　八百万《やほよろづ》**

千万神《ちよろづがみ》の　神集《かむつど》ひ　集ひ座《いま》して　神分《かむあが》ち
分《あが》ちし時に　天照《あまて》らす　日女《ひるめ》の尊《みこと》（一《ある》は云はく、さしのぼる　日女の命）
天《あめ》をば　知らしめすと　葦原《あしはら》の　瑞穂《みづほ》の国を
天地の　寄り合ひの極《きはみ》　知らしめす　神の命《みこと》と
天雲《ぐも》の　八重かき別けて（一は云はく、天雲の　八重雲別けて）　神下《かむくだ》し
座《いま》せまつりし　高照らす
日の皇子は　飛鳥《とぶとり》の　浄《きよみ》の宮に　神《かむ》ながら
太敷《ふとし》きまして　天皇《すめろぎ》の　敷《し》きます国と　天の原
石門《いはと》を開き　神あがり
あがり座《いま》しぬ（一は云はく、神登り　いましにしかば）　わご王《おほきみ》

皇子《みこ》の命《みこと》の　天の下　知らしめしせば　春花《はるはな》の
貴《たふと》からむと　望月《もちづき》の　満《たたは》しけむと　天の下（一は云はく、食す国）
四方《よも》の人の　大船《ふね》の　思ひ憑《たの》みて　天つ水
仰《あふ》ぎて待つに　いかさまに　思ほしめせか
由縁《つれ》もなき　真弓《まゆみ》の岡《をか》に　宮柱　太敷き座《いま》し
御殿《みあらか》を　高知りまして　朝ごとに
御言《みこと》問はさぬ　日月《ひつき》の　数多《まね》くなりぬる
そこゆゑに　皇子の宮人
行方知らずも（一は云はく、さす竹の　皇子の宮人　ゆくへ知らにす）

反歌二首

ひさかたの　天《あめ》見るごとく　仰ぎ見し
皇子《みこ》の御門《みかど》の　荒れまく惜《を》しも
あかねさす　日は照らせれど　ぬばたまの
夜渡る月の　隠《かく》らく惜しも

——巻二・一六七〜一六九　柿本朝臣人麻呂《かきのもとのあそみひとまろ》

天地の始まりのとき、天の河原に八百万の神々が集まって、どの神がどの領地を統治するかを相談された。そのときに天照大神《あまてらすおおみかみ》が天界を治められると言って、天雲をかき分けて、豊かな実りをもたらす国を、地の果てまで探された。この地上に降り、天高くまで照らされる日の皇子は、飛鳥《あすか》の清御原《きよみはら》の宮《みや》に宮殿を建てられて、日本の国は代々天皇が治める国として、天の原の岩戸を開き、天界に上られた。我が君、日並皇子様が天下を治められるなら、春に咲く満開の花のように貴くあられるだろう、満月のように人々を満たされるだろうと、人々は大船のように頼み、慈雨のように天を仰いで待っていたのに、日並皇子はどう思われたのか、縁もゆかりもない真弓の丘に殯宮をお建てになり、毎朝のお言葉もない日々が重なった。それゆえに、日並皇子に仕える宮人たちは、これからどうしたらよいものか、途方に暮れている。

**反歌二首**

遥か彼方の天空を見るように仰ぎ見ていた日並皇子の住む御殿が荒れてゆくのが惜しまれる。

日は照り、空を茜色に染めているけれど、漆黒の夜空を渡る月が隠れてしまうのがつくづく惜しまれる。

天地の始めから詠い起こす、時間軸のスケールが長大な長歌ですね。飛鳥浄御原に都を造った天武天皇と草壁皇子が重なり、望まれた即位のないままに亡くなってしまった悲しみ、嘆きがいっそう増すようです。

この殯宮挽歌が示すように、柿本人麻呂は死の儀礼に奉仕する歌人でもありました。なかなかつらいお役目だったと推察しますが、挽歌を一つの文芸に仕立てた彼の手腕は「すごい！」のひとことに尽きます。

## 亡妻挽歌

柿本人麻呂はまた、「妻《つま》死《みまか》りし後に泣血《いさ》ち哀慟《かなし》みて作れる歌二首　幷《あわ》せて短歌」と題された、私的な挽歌を詠みました。「泣血哀慟」とは、漢字から想像できるように、「血の涙が出るほど慟哭する」ことを意味します。

人麻呂が通っていた「軽《かる》」（現・奈良県橿原《かしはら》市）に住む妻の急死は、そのくらい激しい悲しみをもたらしたのです。読んでみましょう。

天飛《あまと》ぶや　軽《かる》の路《みち》は　吾妹子《わぎもこ》が　里《さと》にしあれば

ねもころに　見まく欲《ほ》しけど　止《や》まず行《ゆ》かば
人目を多《おほ》み　数多《まね》く行かば　人知りぬべみ　狭根葛《さねかづら》
後《のち》も逢《あ》はむと　大船《おほふね》の　思ひ憑《たの》みて　玉かぎる
磐垣淵《いわかきふち》の　隠《こも》りのみ　恋ひつつあるに　渡る日の
暮《く》れぬるが如《ごと》　照る月の　雲隠《かく》る如《ごと》　沖つ藻の
靡《なび》きし妹《いも》は　黄葉《もみちば》の　過ぎて去《い》にきと
玉梓《たまづさ》の　使《つかひ》の言へば　梓弓《あづさゆみ》　声《おと》に聞きて（一《ある》は云はく、声《おと》のみ聞きて）
言《い》はむ術《すべ》　為《せ》むすべ知らに　声《おと》のみを
聞きてあり得《え》ねば　わが恋ふる　千重《ちへ》の一重《ひとへ》も
慰《なぐさ》もる　情《こころ》もありやと　吾妹子《わがもこ》が

止《や》まず出で見し　軽の市《いち》に　わが立ち聞けば　玉桙《たまほこ》の
道行く人も　一人だに　似てし行かねば
すべをなみ　妹《いも》が名喚《よ》びて
袖《そで》そ振《ふ》りつる（或る本に「名のみ聞きて　あり得ねば」といへる句あり）

**短歌二首**

秋山《あきやま》の　黄葉《もみち》を茂《しげ》み　迷《まよ》ひぬる
妹《いも》を求めむ　山道《やまぢ》知らずも（一は云はく、路《みち》知らずして）
黄葉《もみちば》の　散《ち》りゆくなへに

# 玉梓《たまづさ》の　使《つかひ》を見れば　逢《あ》ひし日思ほゆ

――巻二・二〇七〜二〇九　柿本朝臣人麻呂《かきのもとのあそみひとまろ》

「天空を飛ぶ」という名の軽の道辺りは妻の里なので、よくよく見たいと思うのだけれど、足繁《あししげ》く通うと人目につく。しょうがない、先々の楽しみにして、家にこもってひっそりと慕《した》い続けていた。そうしていたところへ、やがて空を渡る日が暮れるように、照り輝く月が雲に隠れてしまうように、藻《も》が靡《なび》くように私に寄り添っていた妻が、黄葉《もみじ》が散り落ちるごとくはかなく命を散らしてしまった。玉梓《たまずさ》を携えてやって来た使いのその知らせを聞いて、言葉もなく、何を言えばいいのか、何をすればいいのかわからない。ただ知らせだけを聞いてじっとしてもいられないので、この恋しさの千分の一でも心が慰められるかもしれないと、妻がいつも行っていた軽の市場に出かけてみた。けれどもじっと立って耳を澄ましても、妻の声は聞こえない。道行く人のなかに、妻に似た人もいない。仕方なく、妻の名を呼び、袖を振ったのだった。

**短歌**

秋山の黄葉があんまり生い茂っているので、妻は道に迷ったのか。私にもその妻を捜し求める道がわからない。

黄葉が散っていくちょうどその折、使いの者を見ると、妻と逢った日のことが懐かしく思い出される。

愛する人の突然の死。その知らせを受ければ、誰しも動転します。人麻呂がいてもたってもいられなくて、あるいは呆然とするあまりふらふらと、軽の市場に行って、雑踏のなかに妻の姿を捜す切なさ。自分だけが現実の町から遊離しているような、そんな場面がドラマの映像を見ているようにイメージされます。

また妻の死を、沈む夕日や雲に隠れる月、散りゆく黄葉などと重ねているところに、自然と人間の営みを同一視する万葉人の生命観が表われています。

「亡妻挽歌」はいろんな人がつくっていますが、もう一人、大伴旅人《おおとものたびと》の歌三首を読んでみましょう。

これらの歌は七三〇年、旅人が大納言になり、下向地の太宰府《だざいふ》から帰郷する途上、備後《びんご》（現・広島県）鞆《とも》の浦《うら》を過ぎて詠んだものです。赴任するときはいっしょだった妻が亡くなり、来たときも見た風景を前に涙にむせんでいます。

吾妹子《わぎもこ》が　見し鞆《とも》の浦の　むろの木は
常世《とこよ》にあれど　見し人そなき

——巻三・四四六　大伴旅人《おおとものたびと》

太宰府に赴任するときに妻といっしょに見た鞆の浦の室の木は、帰京しようと再び通りかかったいまもちっとも変わらないが、妻はもうこの世にいない。

妹と来《こ》し　敏馬《みぬめ》の崎《さき》を　還《かへ》るさに
独《ひと》りし見れば　涙ぐましも

——巻三・四四九　大伴旅人

妻と二人で来た敏馬の崎を、帰りは自分一人で見るとは、しみじみする。涙ぐましいことだなあ。

吾妹子《わぎもこ》が　植《う》ゑし梅の樹《き》　見るごとに
こころ咽《む》せつつ　涙し流る

――巻三・四五三　大伴旅人

妻が植えた庭の梅の木を見るたびに、懐かしさに胸が塞《ふさ》がり、涙にむせんでしまう。

こういう気持ちは、とてもよくわかりますよね。

妻に限らず、愛しい人に先立たれると、時が経つにつれて悲しみが薄れはしても、ともに過ごしたときを思い出すような風景や自然、事物に触れて、涙を新たにするものです。

# 第5章

# 万葉人に共感

## 庶民の暮らし・思いはいまも同じ

すごいよ！ 1

## 千年以上の隔たりを感じさせない庶民の生活感情

### 約半分が作者未詳歌

万葉の時代、歌をつくるのは、何も特別なことではありませんでした。平安和歌は貴族の文芸だったけれど、万葉のころはより広い階層の人々が歌をつくり、詠み合ったり、唱和して楽しんだりしていたのです。

もっとも貴族ではない庶民たちのつくった、いわゆる「作者未詳歌」は、文芸として洗練されているか、個性的な表現が見られるかというと、そうでもありません。前に「類歌」「類句」について触れたように、〝パクリ〟がOKで、似たような表現がたくさん使われています。

そういったこととは関係なく、いまに生きる私たちが「無名歌」に惹《ひ》かれるのは、なぜなのか。

それはおそらく、どんなテーマの歌のなかにも、自然とともにある暮らしと、そこから生じる生活感情が融和しているからではないでしょうか。千年以上もの時の隔たりほどには、距離を感じないのです。

作者未詳歌は、万葉集に収められた歌の約半数弱、二一〇〇首余りを数えるそうです。とくに多いのが巻七と巻十～十四。これほどの数を集めた理由は、一説には、「奈良朝の人々が歌をつくるときの参考にする資料だったから」とも言われています。

### 折にふれて歌う

巻七に「時に臨みて作れる歌十二首」と題した一二首が収められています。男女が集まって歌を詠み合う「歌垣《うたがき》」のような、折にふれて詠まれたものではないかと言われています。

そのなかに、こんな歌があります。

**西《にし》の市《いち》に　ただ独り出でて　眼《め》並《なら》べず**

# 買ひにし絹《きぬ》の　商《あき》じこりかも

——巻七・一二六四　古歌集《こかしゅう》

西の市に一人で出かけて行き、ほかのものと比べもしないで絹を買ってしまったが、あれは失敗だったなあ。

素直に「高いものを衝動買いして、失敗したのね。やっぱりいろんな店で商品を見比べて買わなくてはね」というふうに読んでも、共感できるおもしろい歌です。

けれどももっと深読みすると、また違ったおもしろさが感じられます。

たとえば「絹」を女性にたとえると、「一見いい女だと思ったけれど、つき合ってみたらつまらない女だったなあ。欲望に負けたのは失敗だった」というふうに読めます。

これはこれでおもしろいし、現代にも男女を問わず、似たような経験のある人も多いでしょうから〝共感度〟が高いと思います。

また「一人で出かけた」という部分に焦点を当てると、「だから商売人のカモにされたんだよ。何人かで行かなくちゃね」という警告が含まれているような気もします。万葉人はふだん、共同体のなかで平穏に暮らしていたので、一人で行動すると失敗しがちだったのかもしれません。
また東歌《あずまうた》に、女同士が掛け合うように詠う、こんな歌があります。

**伎《き》波《は》都《つ》久《く》の　岡の茎韮《くくみら》　われ摘《つ》めど**
**籠《こ》にものたなふ　背《せ》なと摘まさね**
——巻十四・三四四四　作者未詳

伎波都久の岡に生えているニラを、私が摘んでも、摘んでも、なかなか籠一杯にはならないの。それなら、あなたのいい人といっしょに摘んだらどう？

伎波都久は常陸国《ひたちのくに》（現・茨城県）のどこかの地名とも言われていますが、よくわかっていません。でも、どこでも見かけられるような風景、とも感じられます。民謡のイメージが強く、生活感がよく出ていますよね。
それに、女同士で恋人の話をしながら、からかい合う姿は、いまも昔も同じ。さらに愛し合う男女が、食事のお菜にしようと、ニラを摘む場面が想像され、そこにスーパーでいっしょに買物をする現代夫婦の姿が重なり、思わず笑みが洩れてしまいそう。

こんなちょっとした暮らしぶりにこそ、庶民の幸せがあるのだと再認識します。

## 仕事を楽しくする「作業歌」

労働には、体力的にも精神的にもつらさ・苦しさがつきまとうものです。そんなとき、人は古来、歌に救いを求めてきたのかもしれません。

たとえば作業のリズムを取るために歌う歌、作業の合間に疲れを癒《いや》すために歌う歌、労働の喜びを再認識するために歌う歌など、さまざまな作業歌が歌われてきました。いまに伝えられているものも少なくないでしょう。

大人だけではなく、子どもだってそう。私自身、小学校四年生で五キロ以上も歩いて海に遠足に行ったときなど、行き帰り、みんなでずーっと歌を歌っていたことを覚えています。歌でも歌っていないと、歩けない、元気が出ないんですよね。

実は東歌には、そういった作業歌の原型と思《おぼ》しき歌がたくさんあります。みんなで歌を詠み、労働のつらさを紛らわした、とも言われています。

二つほど、読んでみましょう。

多麻《たま》川に　曝《さら》す手作《てづくり》　さらさらに
何《なに》そこの児《こ》の　ここだ愛《かな》しき

——巻十四・三三七三　作者未詳

多摩川にさらさらとさらす手織りの布ではないけれど、いまさらながら、どうしてこの子がこんなにも愛しいのだろう。

稲舂《つ》けば　輝《かか》る吾《あ》が手を　今夜《こよひ》もか
殿の若子《わくご》が　取りて嘆かむ

——巻十四・三四五九　東歌《あずまうた》

稲をつくから、手が荒れて、あかぎれができる。そんな手を、館の若様は今夜も取っては、不憫《ふびん》だと嘆いてくれるでしょうか。

最初の歌は、二句までが「さらさらに」を導き出す序詞《じょことば》。東歌にはこの種の同音の繰り返しや掛詞を用いた言い回しなどの序詞が多く見られることから、歌が音読される傾向が強かったように見受けます。

この歌も「さら」の繰り返しが水の流れる音を表わし、軽快なリズムを刻むよう。布をさらす作業をしながら、女性たちが歌ったのではないかと言われています。

二つ目の歌は、いわば「稲つき歌」です。稲つきは古くから女性の仕事。自分たちは玄米を食べるけれど、お屋敷の人たちのために籾《もみ》を脱穀・精白していたのでしょう。

女性たちの誰か一人が「殿の若子」に愛されていて、身分違いの切なさを抱えながらも、幸福感に満たされて稲をついたのか。それとも、みんなが「殿の若子」に愛されることを夢想しながら、疑似恋愛を楽しむように稲をついたのか。

どちらの可能性もありますが、後者のほうが現実的なようにも思えます。いずれも、せめて夢だけでも「稲つきで手にできるあかぎれを愛する人にさすってもらう」幸せがなければ、つらい作業に耐えられなかったのかもしれません。

同じように、架空の恋愛を設定することによって、みんなが参加する作業歌になったと思われる歌があります。

**君がため　手力《たぢから》疲れ　織りたる衣《きぬ》ぞ　春さらば**
**いかなる色に　摺《す》りてば好《よ》けむ**

——巻七・一二八一　柿本朝臣人麻呂の歌集《かきのもとのあそみひとまろのかしゅう》

あなたのために、手が疲れてしまうくらい一生懸命に布を織りました。春になったら、どんな色に染めましょうか。

一見、恋人を思いながら「何色に染めましょうか」と夢見る女性の歌のようですが、実際には女性たちが集団で取り組む機織《はたお》りの作業中に歌ったもののようです。

この機織り作業というのは半ば強制労働で、境遇はきつい。現実は厳しかったでしょう。だから架空でもいい、みんながそれぞれの胸にステキな男性を思い描き、「彼のために織ったのよ」と歌うことで、喜びを共有したかったのだと思います。

それでもいわゆる〝女工哀史〟のような悲壮感が漂わないところに、万葉人の〝歌心〟があった、と言えそうです。

もうお気づきでしょうけど、この歌は短歌ではありません。「旋頭歌《せどうか》」に分類されるものです。

形式的には、前三句「五七七」と後三句「五七七」から成るもので、前と後で詠み手が異なることが多いとされています。機織りの女性たちは、問答するように、声を揃えて歌いながら作業を進めたのでしょう。

ちなみに万葉集には六二首の旋頭歌が収録されており、うち三五首はこの歌と同じ「柿本朝臣人麻呂歌集」に含まれています。

## 人生の暗い部分にスポット

人生はつらいこと、苦しいことの連続です。それは、いまも昔も同じこと。万葉の歌人には、とくに人生の暗い部分にスポットを当てて歌を詠んだ人がいます。

その人の名は山上憶良《やまのうえのおくら》。前に読んだ「貧窮問答歌《ひんきゅうもんどうか》」は、その典型でしょう。憶良は遣唐使の一員に選ばれたくらいの教養ある官人《かんにん》ですが、その人生観は庶民にも共感できるものです。

ここではまず、息子の夭折《ようせつ》を悲嘆した歌とその大意を紹介します。

世の人の　貴《たふと》び願ふ　七種《ななくさ》の　宝もわれは
何為《なにせ》むに　わが中《なか》の　生れ出でたる　白玉の
わが子古日《ふるひ》は　明星《あかほし》の　明《あ》くる朝《あした》は
敷栲《しきたへ》の　床《とこ》の辺《へ》去らず　立てれども　居《を》れども
共に戯《たはぶ》れ　夕星《ゆふつつ》の　夕《ゆふへ》になれば　いざ寝よと
手を携《たづさ》はり　父母も　上《うへ》は勿放《なさが》り　三枝《さきくさ》の

中にを寝むと　愛《うつく》しく　其《し》が語らへば　何時《いつ》しかも
人と成り出《い》でて　悪《あ》しけくも　よけくも見むと
大船《おほぶね》の　思ひ憑《たの》むに　思はぬに　横風《よこしまかぜ》の
にふぶかに　覆《おほ》ひ来《き》ぬれば　為《せ》む術《すべ》の
方便《たどき》を知らに　白栲《しろたへ》の　手襁《たすき》を掛け　まそ鏡
手に取り持ちて　天《あま》つ神　仰ぎ乞ひ祈《の》み　地《くに》つ神《かみ》
伏して額《ぬか》づき　かからずも　かかりも
神のまにまにと　立ちあざり　われ乞ひ祈《の》めど
須臾《しましく》も　快《よ》けくは無しに　漸漸《やくやく》に　容貌《かたち》くづほり
朝《あさ》な朝《あさ》な　言ふこと止《や》み　たまきはる　命絶えぬれ

立ち踊り　足摩《す》り叫び　伏し仰ぎ　胸うち嘆き
手に持《も》てる　吾《あ》が児飛ばしつ　世間《よのなか》の道

反歌

稚《わか》ければ　道行き知らじ　幣《まひ》は為《せ》む
黄泉《したへ》の使《つかひ》　負《お》ひて通《とほ》らせ
布施《ふせ》置きて　われは乞ひ禱《の》む　欺《あさむ》かず
直《ただ》に率去《ゐゆ》きて　天路《あまぢ》知らしめ

——巻五・九〇四〜九〇六　山上臣憶良《やまのうえのおみおくら》

——七種の宝よりも貴いわが子、古日は夜明けには床のそばにきて、立っても座って——

もいっしょに遊び、夕暮れになると「さあ、寝よう」と手を引く。「お母さんもお父さんも離れないで、三つ股の枝のように、僕が真ん中に寝る」と言う。親は一日も早く大人に育った姿を見たいと願っていたのに、古日は突然、病気に襲われた。取り乱して神にすがり、懸命に祈ったけれども良くならず、しだいに生気がなくなり、朝ごとに言葉も絶え絶えになり、ついに命が尽きてしまった。私は飛び上がり、地団駄《じだんだ》を踏み、伏しては天を仰ぐばかり。掌中《しょうちゅう》の玉であったわが子を飛ばしてしまった。これが世の中の道なのか。

**反歌**

幼すぎて、冥土《めいど》への道を歩くこともかなうまい。賄賂《わいろ》でも何でも贈ろう。どうか冥土の使者よ、この子を背負って行っておくれ。

お布施を捧げて、私は祈ります。間違った方向に誘わずに、まっすぐ行って、この子に天への道を教えてやってくれ。

ここはぜひ、音読してください。幼子の死を嘆く親の気持ちが乗り移ったかのように、涙がこぼれ落ちるかと思います。

もっともこの歌は、憶良が六九～七四歳のころにつくられたと推察されるので、筑前在任中に幼児を亡くした父の立場に立っての代作歌だと見られています。

古日が憶良の子であってもなくても、子を思う親の気持ちは〝本物〟です。同じテーマで憶良は、次の非常に有名な歌を詠んでいます。

釈迦《しやか》如来《によらい》の、金口《こんく》に正に説《と》きたまはく「等しく衆生《しゆじやう》を思ふことは、羅睺羅《らごら》の如し」と。又説きたまはく「愛《うつく》しびは子に過ぎたるは無し」と。至極《しごく》の大聖《たいしやう》すら、尚《な》ほ子を愛《うつく》ぶる心ます。況《いは》むや世間《よのなか》の蒼生《あをひとくさ》の、誰かは子を愛《うつく》しびざらめや。

瓜《うり》食《は》めば　子ども思ほゆ　栗《くり》食《は》めば　まして思《しの》はゆ
何処《いづく》より　来《きた》りしものそ　眼交《まなかひ》に　もとな懸《かか》りて
安眠《やすい》し寝《な》さぬ

反歌

銀《しろがね》も　金《くがね》も玉も　何せむに
勝《まさ》れる宝　子に及《し》かめやも

――巻五・八〇二～八〇三　山上臣憶良《やまのうえのおみおくら》

釈迦如来が「命あるものをすべて平等に思うのは、自分がわが子の羅睺羅を思うのと同じだ」と説かれた。「愛する子に優るものはない」とも。釈迦ほどの大聖人でさえ子に愛着があったのだから、まして世間一般の人々は誰もが子に執着心を持って当然だ。

瓜を食べると子どもらを思い出す。栗を食べてもなお偲《しの》ばれる。子はどこからやって来たのか、自分とどんな縁があるのか、目の前に子の面影がかかって眠ることもできない。

反歌

銀も金も玉も何の役にも立たない。どれほどすばらしい宝であろうとも、子どもにはおよばない。

最初に、論理的に文章を展開する漢文の序がついていて、その後に心情的な訴えが続きます。これをそのまま素直に読めば、まさに「子は宝」。理屈抜きで、子どもは愛しいものだとなります。

そうしてしみじみするのもよいのですが、もう一歩踏み込んで、「どうして子がこんなにも愛しいのか」「本当に子は宝なのか」などと自問しつつも答えが得られず、そこに苦しみを感じて葛藤《かっとう》を続ける憶良の心情を考えてみるのもいいでしょう。「私たちはどこから来て、どこへ行くのか」ではないけれど、憶良は人生を哲学的・抽象的に思考するタチ。その深い世界を味わうおもしろさもあります。

## 防人の歌に別れのつらさが重なる

東歌とともに庶民の生活感情が滲《にじ》み出ている歌に、「防人《さきもり》の歌」があります。前にも述べたように、これは唐《とう》・新羅《しらぎ》の侵入に備えて北九州を警護するために徴用された兵士やその妻たちがつくった歌です。

家族にとっては、大切な夫やわが子を戦場に送り出すようなもの。家族が離ればなれになる点においては、いまの単身赴任と似たところもありますが、赴任地の危険さとか、行き来・通信の難しさの点で、引き裂かれるつらさは比較になりません。

それでも夫婦が互いを思いやる気持ちは、現代人にも共感できるはず。涙を禁じ得ない歌が多くつくられています。

たとえば次の歌は、武蔵国《むさしのくに》の防人とその妻の贈答歌です。

足柄《あしがら》の　御坂《みさか》に立《た》して　袖振らば
家《いは》なる妹は　清《さや》に見もかも
——巻二十・四四二三　藤原部等母麿《ふじわらべのともまろ》

——足柄峠で袖を振ったら、家にいる妻がはっきり私とわかってくれるだろうか。——

色深《いろぶか》く　背《せ》なが衣《ころも》は　染《そ》めましを

**御坂《みさか》たばらば　ま清《さや》かに見む**――巻二十・四四二四　妻、物部刀自売《もののべのとじめ》

夫の衣をもっと濃い色に染めればよかった。そうすれば、遠くの夫の姿もはっきり見えたでしょうに。

妻は武蔵国埼玉郡《さきたまのこおり》、いまの埼玉県行田市《ぎょうだ》辺りにいたらしいので、箱根山の足柄峠を肉眼で見ることはかないません。遠く離れてゆく夫の姿を、〝心の目〟で見ようとしたのでしょうか。別れの悲しさが双方から伝わってきます。

また防人は、天皇の命を受けてその任に当たります。天皇の命は「畏《かしこ》き」もの。つらいけれど、運命だと受け止めるしかありませんでした。

**畏《かしこ》きや　命《みこと》被《かがふ》り　明日ゆりや**
**草《かえ》がむた寝む　妹《いむ》なしにして**

――巻二十・四三二一　物部秋持《もののべのあきもち》

――畏《おそ》れ多き命を受けて、明日からはつらい旅寝。横に妻もなく一人、茅《ちがや》を抱いて寝る夜を送る。悲しいことだなあ。――

家族への思いを故郷に残して旅立つつらい胸中が推し量れます。この人のように防人の多くは任務を「畏《かしこ》み」と受け入れましたが、批判的な人もいました。こんな歌が収録されています。

**ふたほがみ　悪《あ》しけ人なり　あた病《ゆまひ》**
**わがする時に　防人《さきもり》にさす**

――巻二十・四三八二　大伴部広成《おおともべのひろなり》

――「ふたほがみ」は立派な国司なのに、病気の私を防人に指名するとは、イヤな奴だ。――

あまり表立っては言えないことのせいか、やや謎めいた言い方をしています。実際、解釈に諸説あって、たとえば「ふたほがみ」は下野国《しもつけのくに》（現・栃木県）の国府の所在地が「布《ふ》多《た》」で、「秀守《ほがみ》」は立派な国司を意味するという説がある一方で、「二心ある人」の意味だとする説もあります。

また「あたゆまひ」の「ゆまひ」は、「やまい」の訛《なま》りでいいのですが、「あた」については「急」か「熱」か「あだ（＝むなし）」か、解釈が分かれるところ。「急病説」「熱病説」「仮病説」があります。「仮病」と捉《とら》えれば、ユーモアを感じますね。

この詠み手は、つらい運命を嘆き、お上に反発しながらも、冗談めかして表現できる、なかなか神経の太い男なのかもしれません。

〝ユーモアつながり〟で言うと、次の歌もちょっと微笑を誘うものです。

松の木《け》の　並《な》みたる見れば　家人《いはびと》の
われを見送ると　立たりしもころ

――巻二十・四三七五　物部真島《もののべのましま》

松の木が並んでいるのを見ると、家の者たちが私を見送ろうと、列をなして立っているようだ。

防人の旅立ちに際しては、村の人が総出で見送ったようです。旅の途上、松の並木を見たときに、それを思い出したのでしょうか。即興でつくった歌かもしれませんね。あるいは、この歌をみんなで口ずさみながら行軍していったのか。

おもしろくて、やがて悲しい……そんなペーソスを感じます。

すごいよ！ 2

## 望郷、旅情、伝説……官人たちの行く道に歌の足跡が残る

### 都と鄙

七一〇年、都が藤原京から平城京に遷《うつ》りました。

奈良盆地の北側、現在の奈良市の西方に出現したこの新しい都は、藤原京を凌《しの》ぐ規模と壮麗さ。唐の長安《ちょうあん》の都を模して造営され、中央集権的な律令国家としての機能がより強化されました。

そのなかで国土は、都と鄙《ひな》（地方）に二分されました。鄙は農作物や織物などの生産に従事する地域で、中央官庁の置かれた都はおもに消費活動を行なう地域となったのです。そして道路を整備することによって、都と鄙は緊密に結びつけられました。

この都と鄙という概念をもっとも強く意識したのは、官人をおいてほかにありません。行政業務に携わる官人たちは、藤原京が誕生したころから、中央官庁と地方丁《よぼろ》との間を

頻繁に行き来するようになりましたからね。
平城京時代につくられた、そのことを象徴する歌を二首。

あをによし　寧楽《なら》の京師《みやこ》は　咲く花の
薫《にほ》ふがごとく　今盛《さか》りなり
――巻三・三二八　小野老《おののおゆ》

―奈良の都は、美しく咲いた花が匂い立つように、いままさに盛りである。―

天《あま》ざかる　鄙《ひな》に五年《いつとせ》　住《す》ひつつ
都の風俗《てぶり》　忘らえにけり
――巻五・八八〇　山上臣憶良《やまのうえのおみおくら》

―北九州の田舎で五年の時を過ごすうち、都会風の作法を忘れてしまった。―

初めの歌は、あまりにも有名ですよね。小野老《おののおゆ》は九州・大宰府《だざいふ》の長官で、その鄙の地での暮らしを経験したればこそ、奈良の都の華麗なたたずまいと、そこで過ごした優雅な日々を思わずにはいられないのです。

都であれ、地方であれ、住み慣れた地から遠く離れると、望郷の思いが強くなるもの。感情移入する人も多いのではないでしょうか。

二つ目の歌は、ひとことで言えば「田舎者になっちゃった」という嘆きでしょうか。官人たちはもともと〝都人〟で、鄙の人より洗練された感性が備わっていると自負していたのかもしれません。

「住めば都」という言葉があるように、都会的な官人たちも多くは鄙の地に馴染《なじ》んだのかもしれません。とはいえ、ふとした折に望郷の念に駆られたのだと思います。

また藤原京時代の柿本人麻呂《かきのもとのひとまろ》は、旅の行きと帰り、同じ明石《あかし》海峡で歌を詠んでいます。往路、異境に向かうときの気持ちと、帰路、家郷に近づくときの気持ちが人々の共感を呼ぶのでしょう。大変に人気のある歌です。

## 留火《ともしび》の　明石大門《あかしおほと》に　入《い》る日にか

**漕《こ》ぎ別れなむ　家《いへ》のあたり見ず**　――巻三・二五四　柿本朝臣人麻呂《かきのもとのあそみひとまろ》

明石海峡に舟が入る日は、いよいよ大和との別れがやって来る。わが家を振り返りもせずに、海路に漕ぎ出したことよ。

**天離《あまざか》る　夷《ひな》の長道《ながち》ゆ　恋ひ来《く》れば**
**明石の門《と》より　大和島《やまとしま》見ゆ**（一本に云はく、家門《いへ》のあたり見ゆ）

――巻三・二五五　柿本朝臣人麻呂

大和に焦《こ》がれて焦がれて、遠い田舎から長い旅路をたどって来た。ようやく明石海峡の先に、懐かしい大和島が見えた。

最初の歌では、これから行く地にワクワクし、次の歌ではやっと長旅を終えて故郷に帰れることを喜ぶ。出張や異動で長期間の旅に出た経験のある現代人にも、「そうそう、そんな気持ちになるよね」と思えるでしょう。

この歌には、五句目が「家門のあたり見ゆ」であるという異伝が書き添えられていま す。「大和島」は「生駒《いこま》・葛城《かつらぎ》の連山が島のように見える」ことを表わしていて、言ってみれば「心のなかにある大和島」。異伝のように「家門」と読んだほうが、より実感がわくかもしれませんね。

## 伝説との出合い

都と鄙を行き来する官人たちは、旅の途上で、都にはない自然の織り成すさまざまな美しい風景に出合いました。それだけではなく、立ち寄った地、赴任した地で、その土地にまつわる伝説とも出合いました。たとえば、

「あれが、天女が羽衣《はごろも》を脱ぎかけたという伝説の松でね……」とか、

「この集落に手児名《てこな》という女性がいて、大勢の男性から求婚されましてね……」

といった具合に。

そうして耳にした物語に感銘を受ければ、当然、そこから歌が生み出されます。歌は感動から生まれるのですから。だから万葉集には、伝説歌も多く収められています。

とりわけ有名なのは、高橋虫麻呂《たかはしのむしまろ》という歌人です。彼がつくった長歌の一つに、現代人でも誰もが知っている「浦島太郎伝説《うらしまたろう》」があります。

少々長いけれど、全文を引用し、大意を記すこととします。馴染みのある物語なので、読みやすいでしょう。音読するのも楽しいですよ。

春の日の　霞《かす》める時に　墨吉《すみのえ》の　岸に出でゐて
釣船《つりふね》の　とをらふ見れば　古《いにしへ》の　事そ思《おも》ほゆる
水江《みづのえ》の　浦島の子が　堅魚《かつを》釣り　鯛《たひ》釣り矜《ほこ》り
七日《なぬか》まで　家にも来《こ》ずて　海界《うなさか》を
過ぎて漕ぎ行くに　海若《わたつみ》の　神の女《をとめ》に　たまさかに

い漕ぎ向ひ　相誂《あひあとら》ひ　こと成りしかば　かき結び
常世《とこよ》に至り　海若《わたつみ》の　神の宮の　内の重《へ》の
妙《たへ》なる殿に　携《たづさ》はり　二人《ふたり》入り居《ゐ》て　老《おい》もせず
死にもせずして　永き世に　ありけるものを
世の中の　愚人《おろかひと》の　吾妹子《わぎもこ》に　告《つ》げて語らく
須臾《しましく》は　家に帰りて　父母に　事も告《の》らひ
明日《あす》のごと　われは来《き》なむと　言ひければ
妹がいへらく　常世辺《とこよへ》に　また帰り来《き》て　今のごと
逢はむとならば　この篋《くしげ》　開くなゆめと
そこらくに　堅《かた》めし言《こと》を　墨吉《すみのえ》に　還り来《きた》りて

家見れど　家も見かねて　里見れど　里も見かねて
恠《あや》しみと　そこに思はく　家ゆ出でて　三歳《みとせ》の間《ほど》に
垣も無く　家滅《う》せめやと　この箱を
開きて見てば　もとの如《ごと》　家はあらむと
玉篋《たまくしげ》　少し開くに　白雲《しらくも》の　箱より出でて
常世辺《とこよへ》に　棚引《たなび》きぬれば　立ち走り　叫《さけ》び袖振り
反側《こいまろ》び　足ずりしつつ　たちまちに　情消失《こころけう》せぬ
若かりし　膚《はだ》も皺《しわ》みぬ　黒かりし　髪も白《しら》けぬ
ゆなゆなは　気《いき》さへ絶へて　後《のち》つひに　命死にける
水江《みづのえ》の　浦島の子が　家地《いへどころ》見ゆ

**反歌**

常世辺《とこよへ》に　住むべきものを　剣刀《つるぎたち》
己《な》が心から　鈍《おそ》やこの君

——巻九・一七四〇～一七四一　高橋連虫麻呂《たかはしのむらじむしまろ》の歌集《かしゅう》

霞がかった春の日に、墨吉《すみのえ》の岸に出かけて、波のまにまに釣船が揺れているのを見ると、昔のことが思い出される。水江《みずのえ》の浦島の子が釣りに出かけて七日も帰らず、海の境界を越えて、海神《かいじん》の娘に遭遇した。契《ちぎ》り合った二人は常世《とこよ》に入り、美しい御殿で永遠に生きることになった。ところが愚かにも浦島は、「しばらく家に帰って両親に事情を告げたい」と言い出した。そこで妻は箱を渡し「また常世でいっしょに暮らしたいのなら、ゆめゆめ開けないでね」と言った。浦島が帰ると、わずか三年のはずなのに里も家もなくなっていた。不思議に思い箱を開くと、白雲が立ち上り、常世のほうになびいていった。浦島は驚き、大声で叫びながら、走り回り、転げ回り、足ずりをしたが、たちまち人心地を失った。肌はしわしわ、髪は真っ白になり、息も絶え絶え、ついには命も終わってしまった。その水江の浦島の子の家のあったところが目に浮かぶ。

**反歌**

常世の国に住み、永遠の命を生きることもできたのに、ほかでもない自分の心がその幸運をふいにした。愚かなことよ、浦島の子は。

この歌では浦島太郎は死んでしまうので、私たちが子どものころに読んだ童話より残酷ですね。

人間はいつごろからか、不老不死を夢見るようになりました。この歌のベースにも、永遠の命を持つ世界に対するあこがれがあるように思います。

でも欲深と言えば欲深なことで、虫麻呂はそんな人間を「人間はしょせん、愚かなものだよ」と皮肉っているようです。だからといって人間を見る目が冷たいわけではない、そんなところも魅力の一つですね。

## 宴の歌

官人たちは赴任地にあって、歌壇を形成し、同胞が集まって宴《うたげ》を催すことがよくありました。その一つが、今回の新しい元号の出典にもなった「梅花の宴《うめのはな》」です。

これは、主催者である大宰帥大伴旅人《だざいのそちおおとものたびと》が彼の邸宅の梅園に、山上憶良ら配下の官人三十余名を招いて催したもの。三二首が詠まれ、その盛り上がりの余韻がさめやらぬままに、旅人がさらに六首を追和《ついわ》したそうです。

なぜ梅かと言うと、一つには、当時はまだ梅が外来の珍しい木だったことがあるでしょう。

「最近入ってきたあの梅の木、きれいだよね。今度の宴はその梅を囲んでやることにしようか」なんて感じで、話がまとまったのかもしれません。とはいえ、万葉集中、木を中心に宴が催された例は、ほかにはないとか。ユニークな趣向だったと言えそうです。

このときの宴でつくられた歌を三首ほど読んでみましょう。

春されば　まづ咲く宿の　梅の花
独り見つつや　春日《はるひ》暮《くら》さむ

——巻五・八一八　山上臣憶良《やまのうえのおみおくら》

春になると真っ先に咲くこの家の梅の花を、一人で眺めながら、長い春の日を暮らすとしよう。

青柳《あをやなぎ》　梅との花を　折りかざし
飲みての後は　散りぬともよし

——巻五・八二一　沙弥満誓《さみまんせい》

青柳と梅の花を折って髪飾りにし、酒を飲んだ後は、もう散ってもかまわないよ。

わが園《その》に　梅の花散る　ひさかたの
天《あめ》より雪の　流れ来《く》るかも
――巻五・八二二　大伴宿禰旅人《おおとものすくねたびと》

―わが家の庭に白梅の花が散っている。大空から雪が流れてきたのだなあ。―

憶良の歌には、酒席のにぎやかさとは裏腹の静かな孤独を感じます。また旅人の歌は、梅の花を雪に見立て、さらにその雪が降るでも積もるでもなく〝流れる〟と表現していて、さすがの力量を感じます。

でも宴自体は、参加することに意義あり。上手も下手も、プロも素人もいっしょになって、お題を決めて「みんなでつくりましょう」と楽しむところがすばらしい！「宮中歌会始《うたかいはじめ》」など、いまも宮中では天皇が催される歌会が行なわれていますが、万葉の昔は宮中だけではなく、いろんなところでやっていたようです。歌を詠むことで場を宴にする、その祝祭感覚を持つのは、現代人にとっても大切なことのように思います。

たとえば新春の仕事始めとか、何かのお祝いの席などに、「では、歌を一つ」なんていうのもいい。

五七五七七を歌って、終わりを「よろしく」「ありがとうございます」などの挨拶の言葉で締めるのも、なかなかしゃれているのではないでしょうか。くだくだと長い挨拶をいっぱい聞かされるよりも、盛り上がると思います。お試しあれ。

附録

# 使える〝万葉言葉〟

日常会話にさり気なく

歌の表現・言い回しを添えよう

万葉集の歌には、日常会話に応用できる表現や言い回しがけっこうあります。

たとえば、だじゃれっぽく使ったり、歌に心情を重ねて表現したり、いろんな場面で使えます。

そういった〝万葉言葉〟を自分の語彙《ごい》に加えると、コミュニケーション力がぐんと上がります。知性が光る、ハイセンスな言葉を返せるようにもなります。

そこで最後に〝オマケ〟として、「こんな場面にこの〝万葉言葉〟」をつくってみました。約二〇本あります。

アレンジして使っていただくのもよし、これをヒントにオリジナルを創作してみるのもよし。自由にご活用ください。

例題の後ろに出典を付しておきます。


❖**「日本に生まれて**（住んで）**よかった」と思うとき→「うまし国そ、大和の国は」**

「いやぁ、きれいな景色だねぇ。まったく『**うまし国そ、大和の国は**』だよ」

「財布を落としたんだけど、出てきてね。『**うまし国そ、大和の国は**』って実感したね」

大和《やまと》には　群山《むらやま》あれど　とりよろふ　天《あま》の香具山《かぐやま》
登り立ち　国見《くにみ》をすれば　国原《くにはら》は　煙《けぶり》立つ立つ
海原《うなはら》は　鷗《かまめ》立つ立つ　うまし国そ　蜻蛉島《あきづしま》
大和の国は

――巻一・二　舒明天皇《じよめいてんのう》

大和にはたくさんの山があるが、なかでも美しい天の香具山、その頂上に立って国見をすると、国原にはあちこちで竈《かまど》の煙が立ち上り、海原《うなばら》には方々で鷗《かもめ》が飛び交っている。何とすばらしい国だろう、大和の国は。

❖ **好機到来、のとき→「潮《しお》もかなひぬ」**

「この話題、盛り上がってきたよね。『**潮もかなひぬ**』、うちも乗っかろう」

「今度、会社を辞めて起業することにしたよ。『**潮もかなひぬ**』ってとこだね」

熟田津《にきたつ》に　船乗りせむと　月待てば
潮《しほ》もかなひぬ　今は漕ぎ出《い》でな

——巻一・八　額田王《ぬかたのおおきみ》

熟田津で船に乗ろうと月を待っていたら、ちょうど潮もよくなってきた。さぁ、漕ぎ出そうか。

❖好きなものを言うとき→「〇〇〇、われは」
「好きな食べ物は？」「スイーツ、われは」
「どんな男性がタイプ？」「イケメン、われは」

冬ごもり　春さり来《く》れば……秋山われは

——巻一・一六　額田王《ぬかたのおおきみ》

春になると、冬の間は鳴かなかった鳥が来て鳴く。咲かなかった花が咲く。でも山の木々が生い茂っているので、山を分け入って花を摘むことができない。草が深くて、取って見ることもできない。その点、秋の山は木々が紅葉し、見るにも美しく、手にとってその美しさを味わうこともできる。まだ青いのはそのままにして嘆く。それだけは残念だが、私は秋の山のほうが優れていると思う。

❖ **誰かに見られると困ることを言うとき→「野守《のもり》は見ずや」**

「それ、燃えるゴミに入れちゃダメでしょ。『**野守は見ずや**』で、バレたら怒られるよ」

**あかねさす　紫《むらさき》野《の》行き　標《しめ》野《の》行き**
**野守《のもり》は見ずや　君が袖《そで》振る**

——巻一・二〇　額田王《ぬかたのおおきみ》

―紫草の野を行き、立ち入ることが禁じられている野を行き、野守に見られるでは―

――ありませんか、あなたが私にしきりに袖を振るのを。

❖ **夏の到来を感じたとき→「夏来《きた》るらし」**

「おっ、『冷やし中華、始めました』だって。『**春過ぎて、夏来るらし**』だね」

「もうノースリーブ？　暑いもんね。『**夏来るらし**』してるね」

春過ぎて　夏来《きた》るらし　白栲《しろたへ》の
衣《ころも》乾《ほ》したり　天《あま》の香具山《かぐやま》

――巻一・二八　持統天皇《じとうてんのう》

――春が過ぎて、夏が来たらしい。真っ白な衣を干してあるよ、天香具山に。――

❖ **宴席から引き上げるときにひとこと→「今は罷《まか》らむ、子泣《な》くらむ」**

「そろそろ失礼するよ。『**今は罷らむ、子泣くらむ**』ってね」

憶良《おくら》らは　今は罷《まか》らむ　子泣《な》くらむ
そのかの母も　吾《あ》を待つらむそ
——巻三・三三七　山上臣憶良《やまのうえのおみおくら》

私、憶良はもう失礼しますね。家ではいまごろ、子どもが泣いているでしょうし、子らの母親も私を待っているでしょうから。

❖**解決策が見えないとき→「一坏《ひとつき》の濁《にご》れる酒を」**

「あー、ダメだ。何もアイデアが浮かばない」

「そういうときは『**一坏の濁れる酒を**』だね」

「何、それ」

「大伴旅人《おおとものたびと》の歌さ。『**験《しるし》なき物を思《おも》はずは**』で、考えてもしょうがないからね。酒、酒！」

験《しるし》なき　物を思《おも》はずは　一坏《ひとつき》の
濁《にご》れる酒を　飲むべくあるらし

——巻三・三三八　大伴宿禰旅人《おおとものすくねたびと》

——考えてもしょうがないことはもう考えず、どぶろくの一杯でも飲んだほうがいいらしい。——

❖今日限りでもう見られないとき→「今日《きょう》のみ見てや」

「あの美術展、『今日のみ見てや』。今日で会期終了だよ」

ももづたふ　磐余《いはれ》の池に　鳴く鴨《かも》を
今日《けふ》のみ見てや　雲隠《がく》りなむ

——巻三・四一六　大津皇子《おおつのみこ》

——磐余《いわれ》の池で鳴く鴨を見るのも今日が限り。私は死んでいくのだなあ。——

❖物音がしたとき→「すだれ動かし、秋の風吹く」

「あれ、何の音？　ああ『すだれ動かし、秋の風吹く』ね、誰か来たのかと思った」

**君待つと　わが恋ひをれば　わが屋戸《やど》の**
**すだれ動かし　秋の風吹く**

――巻四・四八八　額田王《ぬかたのおおきみ》

恋しい人を待っているのに、来てくれない。簾が揺らいだ音がしたと思ったけれど、空耳《そらみみ》かしら。かすかな秋風が吹き抜けただけなのね。

❖やさしい言葉をかけて欲しいとき→「言尽《ことつく》してよ」

「ずっとメールのやりとりばかりで、久しぶりに会えたんだから、『言尽してよ』」

**恋ひ恋ひて　逢《あ》へる時だに　愛《うるは》しき**

言尽《ことつく》してよ　長くと思はば

――巻四・六六一　大伴坂上郎女《おおとものさかのうえのいらつめ》

ずっとずっと恋しく思い続けていて、やっと会えたのですから、せめてそのときだけでも、私をうっとりさせるような言葉を尽くしてよ。この恋がいつまでも続くことを望むなら。

❖「**これが最高！**」**と言いたいとき↓**「**及《し》かめやも**」

「仲のいい友だちはたくさんいるけど、『**勝《まさ》れる宝、あなたに及かめやも**』だわ」

「ブランド多しといえども、一番はエルメス、『**及かめやも**』ね」

銀《しろがね》も　金《くがね》も玉も　何せむに

勝《まさ》れる宝　子に及《し》かめやも

――巻五・八〇三　山上臣憶良《やまのうえのおみおくら》

銀も金も玉も何の役にも立たない。どれほどすばらしい宝であろうとも、子ども

──にはおよばない。

❖つらいけど現状を変えられないとき→「飛び立ちかねつ、鳥にしあらねば」

「もう会社を辞めちゃいたいけど、『飛び立ちかねつ、鳥にしあらねば』でね、いまの仕事を途中で放り投げるわけにはいかないし、転職先もままならないし、あーあ」

世間《よのなか》を　憂《う》しとやさしと　思へども
飛び立ちかねつ　鳥にしあらねば
──巻五・八九三　山上臣憶良《やまのうえのおみおくら》

この世界は、いやなものだと思い、又肩身の狭い恥しいものだと、思うてはいますが、さて飛び立って、余処《よそ》へも行ってしまうことが出来ないでいます。鳥でございませんから。
（折口信夫訳）

❖ **自分のことはどうでもいいと言いたいとき→「散りぬともよし」**

「君がわがチームに来てくれるのなら、私は『**散りぬともよし**』。喜んで控えに回るよ」
「お土産？　お気遣いなく。無事に帰って来てくれれば、土産なんて『**散りぬともよし**』ってね」

**わが屋戸《やど》の　梅咲きたりと　告げやらば**
**来《こ》といふに似たり　散りぬともよし**

——巻六・一〇一一　葛井連広成伝誦《ふじいのむらじひろなりでんしょう》の古歌《こか》

わが家の梅が咲きましたとお知らせしたら、いらしてくださいと言っているようですね。いえ、梅など散ってしまってもいいのです。

❖ **自分の苦労をわかって欲しいとき→「君がため」「手力《たぢから》疲れ〇〇〇〇〇〇〇」**

「残業したのは『**君がため**』、休日出勤も『**君がため**』、安い小遣いでガマンするのも『**君がため**』……わかってくれてる？」

「今日は『**手力疲れつくりたる晩ご飯**』よ。ちゃんと味わってね」

**君がため　手力《たぢから》疲れ　織りたる衣《きぬ》ぞ**
**春さらば　いかなる色に　摺《す》りてば好《よ》けむ**

――巻七・一二八一　柿本朝臣人麻呂《かきのもとのあそみひとまろ》の歌集《かしゅう》

あなたのために、手が疲れてしまうくらい一生懸命に布を織りました。春になったら、どんな色に染めましょうか。

❖**あなたあっての私、と言いたいとき↓「君なくはなぞ身装餝《よそ》はむ」**

「この服、ちょっと高かったの。でもね、『**君なくはなぞ身装餝はむ**』よ。思い切って買っちゃった」

君なくは　なぞ身装餝《よそ》はむ　匣《くしげ》なる
黄楊《つげ》の小櫛《をくし》も　取らむとも思はず
――巻九・一七七七　播磨娘子《はりまのおとめ》

あなたがいらっしゃらなかったら、私だっておしゃれしたりしません。箱に大切にしまってある小さなつげの櫛を手に取ろうとも思わないわ。

❖羽毛に身を包まれるとき→「わが子羽ぐくめ」

（寒い夜、羽毛布団にもぐりこんだり、ダウンジャケットを着て出かけるときにひとこと）「『わが子羽ぐくめ』、あったかーい！」

旅人《たびびと》の　宿《やど》りせむ野に　霜《しも》降《ふ》らば

わが子羽ぐくめ　天《あめ》の鶴群《たづむら》

――巻九・一七九一　遣唐使《けんとうし》の親母《はは》

大陸に渡る鶴《つる》の群れよ、霜の置く寒い夜にはわが子をその羽のなかにくるんで温めてやっておくれ。

❖ **面影《おもかげ》が忘れられないとき→「妹《いも》が笑《え》まひし面影に見ゆ」**

「昨日会ったばかりなのに、また会いたい。その思いが募るばかりで、あそこでもここでも『**妹が笑まひし面影に見ゆ**』の心境だよ」

燈《ともしび》の　影にかがよふ　うつせみの
妹《いも》が笑《ゑ》まひし　面影に見ゆ

――巻十一・二六四二　作者未詳

明かりの影のなかで輝くように、愛しいあなたが微笑んでいる、その面影が見えるようだ。

❖ **妻をかわいいと褒めるとき→「己《おの》が妻こそ常《つね》めづらしき」**

「着飾った女性がたくさんいたけど、**『己が妻こそ常めづらしき』**、ピカイチだよ」

難波人《なにはひと》　葦火焚《あしひた》く屋の　煤《す》してあれど
己《おの》が妻こそ　常《つね》めづらしき

——巻十一・二六五一　作者未詳

難波《なにわ》に住む人たちが葦火を焚く家のように煤《すす》けていても、わが妻はいつも変わらずにかわいいことよ。

❖ **遠距離恋愛で恋しい気持ちを伝えたいとき→「吾《あ》が立ち嘆く息《いき》と知りませ」**

「こっちは霧が濃くて、数メートル先も見えないよ」

「やっぱりね。**『吾が立ち嘆く息と知りませ』**、あなたに会いたくて、さっきからため息ばかりついていたのよ」

君が行く　海辺《うみへ》の宿に　霧立たば
吾《あ》が立ち嘆く　息《いき》と知りませ
――巻十五・三五八〇　作者未詳

あなたがこれから行かれる海辺《うみべ》。泊まっているところにもし霧が立ったら、私の嘆《なげ》くため息だと思ってください。

❖**死が恐くなったとき→「海や死《し》にする　山や死《し》にする」**

「死ぬのが恐い？　何言ってるんだよ、『**海や死にする　山や死にする**』、死なない人間なんていないんだから、やたら怖がることはないいさ」

鯨魚取《いさなと》り　海や死《し》にする　山や死《し》にする
死ぬれこそ　海は潮干《しほひ》て　山は枯《か》れすれ

海は死ぬ？　山は死ぬ？　いやいや、死ぬからこそ、海は潮が干上がるのだし、山も草木が枯れる。人間だって死を免れないのだ。

――巻十六・三八五二　作者未詳

❖恋人がいないとき→「この頃のわが恋力」

「もう〝恋人いない歴〟が三年かぁ。『この頃のわが恋力』、弱ってるかも」

この頃《ころ》の　わが恋力《こひぢから》　記《しる》し集《つ》め
功《くう》に申《まを》さば　五位《ごゐ》の冠《かがふり》

――巻十六・三八五八　作者未詳

近ごろ私が恋に尽くした力を書き溜めて、功績として奏上したら、さしずめ五位の冠《かん》を賜《たまわ》るのではないだろうか。

❖欲しいものがあるとき↓「〇〇〇〇もがも」

「私にもアイスを『**もがも**』」

「あー、恋人『**もがも**』！」

君が行く　道のながてを　繰《く》り畳《たた》ね
焼き亡《ほろ》ぼさむ　天《あめ》の火もがも
――巻十五・三七二四　狭野茅上娘子《さののちがみのおとめ》

罪を得たあなたがたどっていく長い長い道のりを、手繰《たぐ》り寄せ、畳み上げ、天よ、天の火で焼き尽くして欲しい。

❖誰かを好きになったとき↓「**思ひそめてき**」

「こないだメジャーデビューしたミュージシャン、もう一目で『**思ひそめてき**』」

「高校のときに『**思ひそめてき**』彼女は、初恋の人なんだよね」

燈火《ともしび》の　光に見ゆる　さ百合花《ゆりばな》
後《ゆり》も逢はむと　思ひそめてき

――巻十八・四〇八七　内蔵伊美吉縄麻呂《くらのいみきなわまろ》

燈火の光の中に浮かぶ百合の花。その名のように、いつかきっとまたお逢いしたい。恋してしまいました。

ざっと、こんなところ。万葉集はかっこいい表現が多いので、いろんな歌を鑑賞しながら、これと思う表現や言い回しを見つけ、会話やメールのなかで使ってみましょう。知的で、かっこいいです。

歌の表記、読み方に関しては、諸説ありますが、本書では、中西進さんの『万葉集　全訳注原文付』（一～四、講談社文庫）の表記を基本とさせていただきました。

## 引用・参考文献

※引用に際しては、適宜振り仮名を補った箇所があります


伊藤博『萬葉集釋注』全十巻（集英社文庫ヘリテージ）
上野誠『万葉集から古代を読みとく』（ちくま新書）
上野誠『万葉集の心を読む』（角川ソフィア文庫）
岡野弘彦『万葉の歌人たち―秀歌のしらべと言葉の力』（NHKライブラリー）
折口信夫『口訳万葉集』上、中、下巻（岩波現代文庫）
斎藤茂吉『万葉秀歌』上、下巻（岩波新書）
佐佐木隆『万葉歌を解読する』（NHKブックス）
篠﨑紘一『万葉集をつくった男――小説・大伴家持』（角川文庫）
杉本苑子『万葉の女性歌人たち―秀歌から読む歴史ドラマ』（NHKライブラリー）
鈴木日出男『万葉集入門』（岩波ジュニア新書）
高島俊男『日本人と漢字』（文春新書）
多田一臣『万葉集ハンドブック―『万葉集』のすべてがわかる小事典』（三省堂）
直木孝次郎『万葉集と古代史』（吉川弘文館）
中西進『万葉集　全訳注原文付』一〜四（講談社文庫）
中西進『万葉の秀歌』（ちくま学芸文庫）
中西進『古代史で楽しむ万葉集』（角川ソフィア文庫）
ビギナーズ・クラシックス 日本の古典『万葉集』（角川ソフィア文庫）
平岩弓枝『わたしの万葉集』（新潮文庫）

# 万葉集　索引（短歌、長歌とも、はじめの三句までを記す。長歌は引用部分からを記載。文章中の引用は除く）

## 【あ】


あかねさす　日は照らせれど　ぬばたまの　（巻二・一六九　柿本朝臣人麻呂）175

あかねさす　紫野行き　標野行き　（巻一・二〇　額田王）24・82・225

秋の田の　穂の上に霧らふ　朝霞　（巻二・八八　磐姫皇后）90

秋山の　樹の下隠り　逝く水の　（巻二・九二　鏡王女）142

秋山の　黄葉《もみち》を茂み　迷ひぬる　（巻二・二〇八　柿本朝臣人麻呂）179

足柄《あしがら》の　御坂に立して　袖振らば　（巻二十・四四二三　藤原部等母麿）202

あしひきの　山のしづくに　妹待つと　（巻二・一〇七　大津皇子）148

相思《あひおも》はぬ　人を思ふは　大寺の　（巻四・六〇八　笠郎女）160

天《あま》ざかる　鄙《ひな》に五年　住ひつつ　（巻五・八八〇　山上臣憶良）208

天離《あまざか》る　夷《ひな》の長道ゆ　恋ひ来れば　（巻三・二五五　柿本朝臣人麻呂）210

天飛《あまと》ぶや　軽の路は　吾妹子が（長歌）　（巻二・二〇七　柿本朝臣人麻呂）177

天地《あめつち》の　底ひのうらに　吾が如く　（巻十五・三七五〇　狭野茅上娘子）167

天地《あめつち》の　初の時　ひさかたの（長歌）　（巻二・一六七　柿本朝臣人麻呂）172

天地《あめつち》の　分れし時ゆ　神さびて（長歌）　（巻三・三一七　山部宿禰赤人）47

ありつつも　君をば待たむ　打ち靡く　（巻二・八七　磐姫皇后）90

あをによし 寧楽の京師は 咲く花の （巻三・三二八 小野老） 208
吾《あ》を待つと 君が濡れけむ あしひきの （巻二・一〇八 石川郎女） 149
青柳《あをやなぎ》 梅との花を 折りかざし （巻五・八二一 沙弥満誓） 218
家にありし 櫃に鏁刺し 蔵めてし （巻十六・三八一六 穂積親王） 155
家にあれば 妹が手まかむ 草枕 （巻三・四一五 上宮聖徳皇子） 91
家にあれば 笥に盛る飯を 草枕 （巻二・一四二 有間皇子） 100
鯨魚取《いさなと》り 海や死にする 山や死にする （巻十六・三八五二 作者未詳） 237
磯の上に 生ふる馬酔木を 手折らめど （巻二・一六六 大伯皇女） 123
古《いにしへ》の 人にわれあれや ささなみの （巻一・三二 高市古人 或いは高市連黒人） 129
稲舂《つ》けば 皹る吾が手を 今夜もか （巻十四・三四五九 東歌） 191
磐代《いはしろ》の 浜松が枝を 引き結び （巻二・一四一 有間皇子） 100
石《いは》ばしる 垂水の上の さ蕨の （巻八・一四一八 志貴皇子） 75
妹《いも》が家も 継ぎて見ましを 大和なる （巻二・九一 天智天皇） 142
妹がため 上枝《はつえ》の梅を 手折るとは （巻十・二三三〇 作者未詳） 45
妹がため 菅の実採りに 行きしわれ （巻七・一二五〇 柿本朝臣人麻呂の歌集） 71
妹と来し 敏馬の崎を 還るさに （巻三・四四九 大伴旅人） 182
色深く 背なが衣は 染めましを （巻二十・四四二四 妻、物部刀自売） 202
うつそみの 人にあるわれや 明日よりは （巻二・一六五 大伯皇女） 123

瓜食めば 子ども思ほゆ 栗食めば（長歌） （巻五・八〇二 山上臣憶良） 199
憶良らは 今は罷らむ 子泣くらむ （巻三・三三七 山上臣憶良） 227
大名児《おほなご》が 彼方野辺に 刈る草の （巻二・一一〇 草壁皇子） 148
思はじと 言ひてしものを 朱華色の （巻四・六五七 大伴坂上郎女） 159
思へども 験もなしと 知るものを （巻四・六五八 大伴坂上郎女） 159

**【か】**

かくばかり 恋ひつつあらずは 高山の （巻二・八六 磐姫皇后） 89
香具山と 耳梨山と あひし時 （巻一・一四 天智天皇） 102
香具山は 畝火ををしと 耳梨と（長歌） （巻一・一三 天智天皇） 102
畏《かしこ》きや 命被り 明日ゆりや （巻二十・四三二一 物部秋持） 203
風雑《まじ》り 雨降る夜の 雨雑り（長歌） （巻五・八九二 山上臣憶良） 50
神風《かむかぜ》の 伊勢の国にも あらましを （巻二・一六三 大伯皇女） 122
神山《かむやま》の 山辺真麻木綿 短木綿 （巻二・一五七 高市皇子） 114
伎波都久《きはつく》の 岡の茎韮 われ摘めど （巻十四・三四四四 作者未詳） 189
君がため 浮沼の池の 菱つむと （巻七・一二四九 柿本朝臣人麻呂の歌集） 44
君がため 手力疲れ 織りたる衣ぞ （巻七・一二八一 柿本朝臣人麻呂の歌集） 193・233
君がため 山田の沢に 恵具採むと （巻十・一八三九 作者未詳） 44

君が行き 日長くなりぬ 山たづね　（巻二・八五　磐姫皇后）89
君が行く 海辺の宿に 霧立たば　（巻十五・三五八〇　作者未詳）237
君が行く 道のながてを 繰り畳ね　（巻十五・三七二四　狭野茅上娘子）165・239
君なくは なぞ身装餝はむ 匣なる　（巻九・一七七七　播磨娘子）234
君待つと わが恋ひをれば わが屋戸の　（巻四・四八八　額田王）229
今朝《けさ》の朝明 雁が音聞きつ 春日山　（巻八・一五一三　穂積皇子）164
言《こと》しげき 里に住まずは 今朝鳴きし　（巻八・一五一五　但馬皇女）164
この頃の わが恋力 記し集め　（巻十六・三八五八　作者未詳）238
この見ゆる 雲ほびこりて との曇り　（巻十八・四一二三　大伴宿禰家持）7
恋ひ恋ひて 逢ひたるものを 月しあれば　（巻四・六六七　大伴坂上郎女）157
恋ひ恋ひて 逢へる時だに 愛しき　（巻四・六六一　大伴坂上郎女）156・229
来むといふも 来ぬ時あるを 来じといふを　（巻四・五二七　大伴坂上郎女）158
籠《こ》もよ み籠持ち 掘串もよ（長歌）　（巻一・一　雄略天皇）28

【さ】

防人に 行くは誰が背と 問ふ人を　（巻二十・四四二五　防人の妻）36
ささなみの 国つ御神の 心さびて　（巻一・三三　高市古人　或いは高市連黒人）130
信濃道《しなのぢ》は 今の墾道 刈株に　（巻十四・三三九九　東歌）35

験《しるし》なき 物を思はずは 一坏の （巻三・三三八 大伴宿禰旅人） 228
銀《しろがね》も 金も玉も 何せむに （巻五・八〇三 山上臣憶良） 200・230

【た】

田児の浦ゆ うち出でて見れば 真白にそ （巻三・三一八 山部宿禰赤人） 48
旅にして 物恋しきに 山下の （巻三・二七〇 高市連黒人） 26
旅人の 宿りせむ野に 霜降らば （巻九・一七九一 遣唐使の親母） 234
多麻川に 曝す手作 さらさらに （巻十四・三三七三 作者未詳） 191
玉くしげ 覆ふを安み 開けていなば （巻二・九三 鏡王女） 144
玉くしげ みむまど山の さなかづら （巻二・九四 藤原鎌足） 145
作りたる その農を 雨降らず（長歌） （巻十八・四一二二 大伴宿禰家持） 6
常世辺《とこよへ》に 住むべきものを 剣刀 （巻九・一七四一 高橋連虫麻呂の歌集） 215
留火《ともしび》の 明石大門に 入る日にか （巻三・二五四 柿本朝臣人麻呂） 209
燈《ともしび》の 影にかがよふ うつせみの （巻十一・二六四二 作者未詳） 235
燈火《ともしび》の 光に見ゆる さ百合花 （巻十八・四〇八七 内蔵伊美吉縄麻呂） 240

【な】

嘆きつつ 大夫の 恋ふれこそ （巻二・一一八 舎人娘子） 147
難波人《なにはひと》 葦火焚く屋の 煤してあれど （巻十一・二六五一 作者未詳） 236

熱田津《にきたつ》に 船乗りせむと 月待てば （巻一・八 額田王） 224
西の市に ただ独り出でて 眼並べず （巻七・一二六四 古歌集） 187

【は】

春されば まづ咲く宿の 梅の花 （巻五・八一八 山上臣憶良） 218
春過ぎて 夏来るらし 白栲の （巻一・二八 持統天皇） 30・226
春の野に すみれ摘みにと 来しわれそ （巻八・一四二四 山部宿禰赤人） 31
春の日の 霞める時に 墨吉の（長歌） （巻九・一七四〇 高橋連虫麻呂の歌集） 212
ひさかたの 天見るごとく 仰ぎ見し （巻二・一六八 柿本朝臣人麻呂） 175
人言《ひとごと》を 繁み言痛み 己が世に （巻二・一一六 但馬皇女） 163
人はよし 思ひ止むとも 玉鬘 （巻二・一四九 倭大后） 171
東《ひむがし》の 野に炎の 立つ見えて （巻一・四八 柿本朝臣人麻呂） 79
吹き響《な》せる 小角の音も 敵見たる（長歌） （巻二・一九九 柿本朝臣人麻呂） 106
布施《ふせ》置きて われは乞ひ禱む 欺かず （巻五・九〇六 山上臣憶良） 197
ふたほがみ 悪しけ人なり あた病 （巻二十・四三八二 大伴部広成） 204
二人行けど 行き過ぎ難き 秋山を （巻二・一〇六 大伯皇女） 121
冬ごもり 春さり来れば 鳴かざりし（長歌） （巻一・一六 額田王） 136・224
振仰けて 若月見れば 一目見し （巻六・九九四 大伴宿禰家持） 32

零《ふ》る雪は　あはにな降りそ　吉隠の　（巻二・二〇三　穂積皇子）77

【ま】

大夫《ますらを》や　片恋ひせむと　嘆けども　（巻二・一一七　舎人皇子）147
松の木《け》の　並みたる見れば　家人の　（巻二十・四三七五　物部真島）205
見まく欲《ほ》り　わがする君も　あらなくに　（巻二・一六四　大伯皇女）122
三諸《みもろ》の　神の神杉　夢のみに　（巻二・一五六　高市皇子）113
紫草《むらさき》の　にほへる妹を　憎くあらば　（巻一・二一　天武天皇）24・82
黄葉《もみちば》の　散りゆくなへに　玉梓の　（巻二・二〇九　柿本朝臣人麻呂）179
ももづたふ　磐余の池に　鳴く鴨を　（巻三・四一六　大津皇子）119・228

【や】

やすみしし　わご大王　高照らす（長歌）　（巻一・五二　作者未詳）127
やすみしし　わご大君の　大御船　（巻二・一五二　舎人吉年）171
大和《やまと》には　群山あれど　とりよろふ（長歌）　（巻一・二　舒明天皇）94・223
倭《やまと》の国は　皇神の　厳しき国（長歌）　（巻五・八九四　山上臣憶良）6
山振《やまぶき》の　立ち儀ひたる　山清水　（巻二・一五八　高市皇子）114
よき人の　よしとよく見て　よしと言ひし　（巻一・二七　天武天皇）109
世の中は　空しきものと　知る時し　（巻五・七九三　大伴宿禰旅人）71

世間《よのなか》を 憂しとやさしと 思へども （巻五・八九三 山上臣憶良） 53・231
世の人の 貴び願ふ 七種の（長歌） （巻五・九〇四 山上臣憶良） 195

【わ】

わが岡の 龗に言ひて 落らしめし （巻二・一〇四 藤原夫人） 111
稚《わか》ければ 道行き知らじ 幣は為む （巻五・九〇五 山上臣憶良） 197
わが里に 大雪降れり 大原の （巻二・一〇三 天武天皇） 110
わが背子《せこ》を 大和へ遣ると さ夜深けて （巻二・一〇五 大伯皇女） 120
わが園に 梅の花散る ひさかたの （巻五・八二二 大伴宿禰旅人） 64・219
わが屋戸《やど》の 梅咲きたりと 告げやらば （巻六・一〇一一 葛井連広成伝誦の古歌） 232
わが宿の 松の葉見つつ 吾待たむ （巻十五・三七四七 狭野茅上娘子） 166
わが屋戸の 夕影草の 白露の （巻四・五九四 笠郎女） 138
吾妹子《わぎもこ》が 植ゑし梅の樹 見るごとに （巻三・四五三 大伴旅人） 183
吾妹子が 見し鞆の浦の むろの木は （巻三・四四六 大伴旅人） 182
わたつみの 豊旗雲に 入日射し （巻一・一五 天智天皇） 102
われのみそ 君には恋ふる わが背子が （巻四・六五六 大伴坂上郎女） 157
われはもや 安見児得たり 皆人の （巻二・九五 藤原鎌足） 146

★読者のみなさまにお願い

この本をお読みになって、どんな感想をお持ちでしょうか。祥伝社のホームページから書評をお送りいただけたら、ありがたく存じます。今後の企画の参考にさせていただきます。また、次ページの原稿用紙を切り取り、左記編集部まで郵送していただいても結構です。

お寄せいただいた「100字書評」は、ご了解のうえ新聞・雑誌などを通じて紹介させていただくこともあります。採用の場合は、特製図書カードを差しあげます。

なお、ご記入いただいたお名前、ご住所、ご連絡先等は、書評紹介の事前了解、謝礼のお届け以外の目的で利用することはありません。また、それらの情報を6カ月を超えて保管することもありません。

〒101―8701（お手紙は郵便番号だけで届きます）
祥伝社　書籍出版部　編集長　栗原和子
電話03（3265）1084
祥伝社ブックレビュー　http://www.shodensha.co.jp/bookreview/

◎本書の購買動機

| | | | | | |
|---|---|---|---|---|---|
| ＿＿＿＿新聞の広告を見て | ＿＿＿＿誌の広告を見て | ＿＿＿＿新聞の書評を見て | ＿＿＿＿誌の書評を見て | 書店で見かけて | 知人のすすめで |

◎今後、新刊情報等のパソコンメール配信を　　希望する　・　しない

◎Eメールアドレス

| @ |
|---|

100字書評

齋藤孝のざっくり！万葉集

住所

名前

年齢

職業

齋藤《さいとう》 孝《たかし》のざっくり！万葉集《まんようしゆう》
——歴史《れきし》から味《あじ》わい方《かた》まで「すごいよ！ポイント」でよくわかる

令和元年８月10日　初版第１刷発行

著者 ——— 齋藤 孝《さいとうたかし》
発行者 —— 辻　浩明
発行所 —— 祥伝社《しょうでんしゃ》
〒101-8701　東京都千代田区神田神保町3-3
☎03(3265)2081(販売部)
☎03(3265)1084(編集部)
☎03(3265)3622(業務部)
印刷 ——— 錦明印刷
製本 ——— ナショナル製本

ISBN978-4-396-61699-1　C0095
Printed in Japan
祥伝社のホームページ・http://www.shodensha.co.jp/